Chara

高嶺の花を手折るまで

香穂里

キャラ文庫

この作品はフィクションです。
実在の人物・団体・事件などにはいっさい関係ありません。

目次

口絵・本文イラスト／高城リョウ

序章

ふわり。

首に巻くとじんわりと暖かい。

グレイとレッドチェックのマフラーを巻いてもう何年になるだろう。

八年——そう、もう八年になるのだ。

十五歳、中学を卒業したときに想《おも》い出にもらった大切なマフラーを天宮宗吾《あまみやそうご》は二十三歳になってても手放せないでいる。自分でも未練がましいなと思わないでもない。けれど、過去八年間、このマフラーを超えるものには出会えなかったし、こころの奥底できらきら輝く想い出を上書きする出来事にも出会わなかった。

さまざまなひとと言葉を交わしたのに、いまでも目を閉じると八年前のあの光景が鮮やかに浮かび上がる。

『寒そうだな、これ巻いとけ』

『二年間ありがとうな。想い出にやるよ、それ』

『また、会おうな』

そう言った彼なのに、以後一度も顔を合わせていない。

いま頃、どうしているのだろう。

どこにいるのだろう。

元気に過ごしてくれているならいいのだが。

三月の終わり。マフラーを解《ほど》いて洗濯するために、宗吾は立ち上がった。

首元がやけにすうすうするのは気のせいじゃない。

1

「八百九十円になります」

「じゃあ、千円で」

「ありがとうございます。百十円のお返しになります」

丁寧に言ってお辞儀し、男性客が持参したエコバッグに飲み物や弁当、煙草《タバコ》を詰め終えて帰るのを見送る。そこでいったん客が途切れたので、レジを背にして煙草ケースの補充をする。

番号で割り振られた煙草の銘柄を覚えるのも最初はひと苦労だったが、半年もすれば慣れた。

「五番はオーケーで、十二番も大丈夫……百二十番が空か」

跪《ひざまず》いて下段の棚から百二十番のカートンを取り出し、ビニールを破いてひとつずつ詰めていく。それが終わったらホットスナックの補充だ。

自宅アパートから歩いて五分のコンビニに勤め始めて、もう半年が経《た》つ。

昨年の八月に新卒で入社したアパレル会社を辞めたあと、しばし休んでから客としてもよく訪れていたこのコンビニのアルバイトに応募した。

人手が足りなかったのだろう。ひとのいい店長は宗吾《そうご》が提出した履歴書をざっと眺め、二、三、質問しただけで即採用してくれた。

コンビニの業務は想像以上に多岐にわたる。商品の販売、補充だけではなく、宅配便の預かり、公共料金の支払い受け付け、果ては切手やはがき、地域の粗大ゴミ券の販売まである。それらを一度に覚えるのは記憶力のいい宗吾でもなかなか手こずったが、気さくな同僚が親切にひとつずつ教えてくれたことでやってこられた。

「天宮《あまみや》君、そろそろ休憩じゃない？　レジ代わるよ」

朗らかに声をかけてきた同僚の台湾《タイワン》人、ヨウに、「ありがとう」と言って従業員室に下がる。

平日の十四時、コンビニはのんびりとした空気だ。二時間ほど前までは昼食を買いに来た客でレジ前は混雑していたものの、十三時を過ぎると一気に波が引き、イートインコーナーもがら空きだ。

八畳ほどの従業員室にはスチールロッカーとテーブル、椅子が置かれている。ロッカーは八個。そのひとつに、宗吾のトートバッグも収められている。

ロッカーの扉を開けてトートバッグから弁当箱を取り出した。今朝はすこし寝坊してしまったので、おにぎりと卵焼き、ウインナー、ブロッコリーとミニトマトというシンプルなメニューだ。

コンビニ勤めなので店で扱う弁当を食べる日もあるけれど、ひとり暮らしなのでできれば節約したい。それに、簡単なものでも自分で作ったものを食べるとほっとする。慣れた味付けだからだろうか。

野沢菜を混ぜ込んだおにぎりに、甘塩っぱい卵焼きを頬張りながら、スマートフォンで昼のニュースをチェックする。

芸能ニュースにスポーツニュース、各地で起きた事件、事故。一応このあとの天気予報も見ておく。夕方から空模様が崩れて、雨になりそうだ。

だったら、あとでビニール傘が入ったボックスを店頭に出しておこう。春らしく突然変わる天候に、折りたたみ傘を持たないひとがビニール傘を求めてコンビニに駆け込んでくることが多いのだ。ついでにイートインで休んでいく客もいるので、ホットスナックやドリンク類の補充もしておこう。

十分ほどで弁当を食べ終え、満たされた腹をさすりながらパイプ椅子の背にぎしりともたれ、天井を見上げる。

まぶしい蛍光灯は二十四時間中点《つ》いている。

宗吾は十時から十八時までここで働いていた。

ときどき、他のバイトに代わって深夜シフトに入ることもあるけれど、基本的には日中の勤務だ。おかげで、夜型ではなく、健康的な朝型生活を送れている。

昨年まで勤めていたアパレル会社も同じような時間帯の勤務で身体《からだ》が慣れていたので、次に仕事に就くときも日中に、と決めていた。

昼ごはんを食べてしまうともうやることがない。煙草を吸う習慣がないし、いまハマっているソーシャルゲームもとくにない。店内にはＷｉ－Ｆｉが飛んでいるので、それを使って動画や映画を観《み》るぐらいだ。ＳＮＳのアカウントはあるものの、これといって呟《つぶや》くことがないのとコミュニケーション下手なせいで、ほとんどロム専だ。

「煙草でも吸ってみようかな……」

趣味らしい趣味がない自分にとって、三十分の休憩は長く感じられる。漫然と動画を観るだけでもべつにいいのだが、なんとなく、言葉にできない焦燥感がある。

──時間を無駄にしているような。

まだ二十三歳。それとも、もう二十三歳なのか。

スチールデスクに突っ伏し、瞼《まぶた》を閉じる。

明日いきなり宝くじに当たって、一億円を手にしたらどうしようか。世界一周旅行に出かけようか。それとも都心のど真ん中にマンションでも買うか。それでも自分の場合きっと金があまるだろうから、店でも開こうか。

そう、店なら開きたい。それも、新品を扱うのではなく、古着を扱う店がいい。

いまも、店の制服の下に着ている長袖シャツは高校生の頃に買った古着のチェックシャツだ。ネイビーとイエローの色合いが気に入って、下北沢《しもきたざわ》にある古着屋で購入したものだ。

昔から、新しい物より古い物のほうにこころ惹《ひ》かれた。アンティーク、ヴィンテージ。フリーマーケットも好きだ。

テレビのコマーシャルで流れるぴかぴかのおもちゃより、近所の古びたおもちゃ屋の棚で埃《ほこり》をかぶっている車や人形を手に取りたがる子どもだった。

大人になってからもその癖は抜けない。休みの日になると中野《なかの》や下北沢の古着屋を渡り歩き、これぞという一着を探すことに夢中になった。

幼い頃からよくあちこちの公園で開催されるフリーマーケットに足を運んでいた。

スマートフォンで、フリマが都内のどこかでやらないか検索をしてみた。春は引っ越しや卒業、入学のシーズンだから、物を処分するひとが多く、頻繁に開催される。

今度の日曜日、三駅先の大きな公園でフリマが開かれるようだ。その日はちょうど休みだから行ってみようか。

スケジュールを確認しているうちに休憩が終わろうとしている。弁当箱をロッカーに片づけ、扉の内側に取り付けられた鏡を見ながら髪に乱れがないか軽くチェックする。

癖があまりないさらさらした黒髪にメタルフレームの眼鏡。

我ながら地味だなと嘆息する。すっと通った鼻筋に薄めのくちびる。目鼻立ちはそう悪くないのだが、如何《いかん》せん華やかさに欠けるのだ。あるいは男らしい魅力に。

しかし、もともと目立ちたいという願望がまるでないので、ひとの群れにすぐ溶け込んでしまうようなごく平凡な顔立ちに産んでくれた母親には感謝したい。

——目立つことは避けたい。誰かに目をつけられるのはもうごめんだ。

いつもそう思っている。消極的と言われようとも、誰の目にも留まらぬ存在で構わない。

衛生のためにマスクをし、スタッフ専用のトイレで念入りに手を洗ってからフロアに戻った。

「もういいの？　まだ休憩時間が五分あるのに」

レジ台の背後にあるレンジを清掃していたヨウが可笑《おか》しそうな顔をしていた。

「天宮君はいつも早めに出てくるよね。仕事熱心なの？」

「というか、休憩時間を持てあましてしまって。なんかゲームでもハマれたらいいんだけど」

「ああ、だったら僕がいま遊んでるパズルゲーム教えようか。謎解き要素があって、ストーリーもよく練り込まれてるんだ。面白いよ」

「ほんと？　だったらあとで教えて」

二歳年上のヨウは大学時代から日本に留学し、真面目に学んできたおかげか、日本語が流《りゅう》暢《ちょう》だ。中国語、英語も操れる彼は外国人客も訪れるこの東京下町のコンビニでおおいに活躍している。明るく穏やかな人柄で、宗吾が勤め始めたときから一番親しいスタッフだ。

店内清掃に回ったヨウに代わり、レジに入る。午後のおやつを買いに来る親子連れや、学校帰りの学生たちがちらほらとやってきて、商品を手に取りレジに来る。

「いらっしゃいませ」

制服姿の学生たちのあとに来た男性が差し出すプラスティック籠を受け取る。中身は幕の内弁当にミネラルウォーターのペットボトル。それにプロテインバーが二本。

「お弁当、温めますか？」

「お願いします」

低く、どこか甘いその声にハッとなり、反射的に客の顔を見た。深くかぶった黒いキャップにマスクを着けているせいで、いまいち相貌がわからない。

さっと視線を下ろす。

オフホワイトのパーカに色褪《あ》せたジーンズというラフな格好は下町のコンビニに溶け込んでいるようでいて、高い位置にある腰やすらりと長い手足が男のスタイルのよさを物語っている。姿勢のいい男だ。

もっとはっきり顔を見たい衝動をなんとか抑え、弁当をレンジに入れる。温めている最中に会計をすませ、エコバッグに商品を詰めて脇にどいた男の次に並んでいた客の対応をするが、知らず知らずちらちら窺《うかが》ってしまう。

チン、と音がしたところで温めた弁当を「ビニール袋に入れますか」と問うと、「いえ」と首を振られたので、割り箸《ばし》を渡す。

男はイートインコーナーに向かい、窓を背に腰を下ろす。そしてうつむきながら温めたばかりの弁当を黙々と食べ始めた。

あの男、見覚えがある。あるけれど、記憶に刻まれた想い出の姿とは微妙にブレるのだ。彼がせめてキャップを外してくれたらいいのだが。

うしろでひとつに結わえている髪はアッシュブロンドだ。染めているのか、地毛なのか。スマートフォンにイヤホンを挿し込んでなにかを聴いているようだから、むやみに話しかけるのはためらわれた。そもそも相手は客なのだし。

男は手早く弁当を食べ終えてミネラルウォーターを半分ほど飲み、空き容器をゴミ箱に捨てて静かに帰っていった。

店に滞在していたのは十五分ほどだろうか。その間カウンター内にいた宗吾は終始彼の様子を窺っていたものの、ついぞ話しかけることはできなかった。

——たぶん、ひと違いだよな。

そう自分に言い聞かせ、店内の雑誌コーナーに向かう。

立ち読みをしていく客が帰っていったあとに雑誌をきちんと棚に戻すのも大切な仕事のひとつだ。

正直、立ち読みだけされるのは店側としてありがたくないのだが、それを知らずに買ってくれる客もいる。だから雑誌コーナーはいつも乱れがないように、というのが店長の言い分だ。

朝入荷された雑誌の最新号はすでに幾人かに立ち読みされたようだ。表紙に折れや破れがないかどうか確かめ、きちんと端から立てかけていく。

ふと、女性誌が目に留まった。二十代をターゲットにした人気月刊誌だ。豪華な付録が毎月つくので、発売日から数日でかならず売り切れてしまう。今朝入荷したばかりだが、もう残りは一冊だ。

華やかな笑顔を振りまく女性モデルの横に、男性アイドルやモデルのスナップが四角く切り取られて映り込んでいた。その一枚に視線が釘付《くぎづ》けになる。

『話題急上昇中の祥一《しよういち》が私服公開！』

そんな見出しとともに飾られた写真を食い入るように見つめた。

まさか――まさか。

「行成《ゆきなり》……？」

仕事中なのも忘れて思わずページをめくる。雑誌の真ん中あたりに、目当ての男がいた。

『モデル兼俳優としていま注目を集める祥一の私服スナップ大公開！』

見開きで、男性モデルがさまざまな私服姿を公開していた。

ストライプシャツをラフに羽織り、カフェの軒先でくつろぐ姿。

質のよさそうなジャケットを片手に大きな川沿いを歩く姿。

清潔な印象の紺のルームウェアを着てソファで読書する姿。

どれを見ても抜群にスタイルがいい美しい男だ。とくに左目下の泣きぼくろが色っぽい。さらりと風になびくセミロングのストレートヘアはアッシュブロンドで一見軽薄そうだが、祥一と名乗る男の強いまなざしがそれを打ち消している。

行成──行成。

ふわりと胸の奥底で花のつぼみが開くようなあるいは、ずっと隠し続けてきた癒えない傷口がじくじく疼《うず》き出すような。

どっちつかずの感覚にとらわれながら、その雑誌を買おうと決めた。普段、あまりテレビを観ないので、芸能人には疎い。家に帰ったら早速ネットで調べてみたい。

この祥一が、長いこと忘れられない男と同一人物なのかということを。

十八時半には帰宅することができた。いつもだったら風呂に入ってすっきりするところなのだが、今夜は事情が違う。夕食を作る時間も惜しかったので、勤め先で弁当を購入してきた。あの雑誌も一緒に。

下町である清澄白河《きよすみしらかわ》の1DKが宗吾の城だ。実家は同じ都内にある。大学入学を機に独り立ちし、ここ、清澄白河に住みだしてもう五年目だ。周囲は寺院が多く、大きなスーパーや公園、学校に幼稚園と充実していることからファミリー層にも人気のある土地だ。

ひとり住まい用の物件にも恵まれており、築二十年ながらアパートは住み心地がいい。なにより風呂とトイレがべつなのがよかった。

石材店の次男として広い家に生まれ育った宗吾はなにひとつ不自由なく育てられてきたという意識があるものの、それは家だけでのこと。

地味であり、勉強はそれなりにできても運動音痴という理由だけで同級生のからかいの対象になり続けた中学生時代の記憶は一生封印したい。

中学二年生でクラス替えした直後から、宗吾はいじめられ続けてきた。最初は無視されたり、足をひっかけられたりという程度だったのだが、そのうち鞄《かばん》や靴を隠されたり、露骨にパシリに使われることもあった。

木内《きうち》という男子生徒がいじめのリーダーだ。それまで成績で学年トップを誇っていた木内は、宗吾と同じクラスになって順位が下がったのが面白くなかったらしい。

中学生でもすでに大人びていた木内は校則違反すれすれまで髪を明るくし、異性にもおおいにモテていた。だが、それだけでは貪欲な十代の欲求は満たされなかったのだろう。

テストのたび、宗吾がトップで呼ばれることが三度続いたあたりからだろうか。クラスの男子生徒たちがしらけた目を向けるようになってきた。そこから始まる日々は——。

振り返るといまでも胸の奥が痛いから急いで冷蔵庫を開け、缶ビールを取り出す。

プルタブを開け、冷えた液体を一気に半分ほど吞《の》み干し、ふは、とひと息ついた。

いつの間にこんな味を美味《おい》しく思うようになったのだろう。家にいた頃、父の晩酌につき合ってひと口呑ませてもらったときはただ苦いとしか思わなかったのに。

――休みの日に呼び出されて缶ビールを買いに行かされたこともあったな。

冷蔵庫の前に立ったままビールに口をつける。

土曜の午後、家でひとり本を読んでいた宗吾のスマートフォンが鳴り、『いますぐビール買ってうちに持ってこい』と命じたのは木内だ。

もちろん、どこからどう見ても中学生である宗吾にビールを売る店などない。どんなに大人っぽく装っても、レジ前で年齢確認されるだろう。

もし、買っていけば、『優等生がこんな物買ってきていいのかよ』と脅されるいい口実になるだけだし、買っていかなかったらいかなかったでまたなじられる。

肉体的な暴力を受けていたわけではなかったけれど、同年代にないがしろに扱われるというのはこころが食い荒らされる。

どうしよう、どうしようと室内をうろつき、とりあえず手持ちの服で一番シックな格好をし、財布だけ持って家を飛び出した。

コンビニ、スーパーは絶対にだめだ。だったら、ちいさな酒屋がいいだろうか。近所に、いまどき珍しい個人経営の酒屋があった。

店主は八十を過ぎたおばあさんだ。彼女なら、『父に頼まれたので』とでも言えばビールを売ってくれそうだ。

そう見当をつけ、店に向かった。そこで、『――宗吾？』と声をかけられたのだ。

祥一に。

行成に。

我に返り、ベッド脇に腰を下ろして膝の上でタブレットPCを開く。手元の雑誌を開きっぱなしにして、『祥一　モデル　人気』と検索バーに打ち込んでみた。

すぐさま何千件もの情報や画像がヒットする。画像一覧を見れば、雑誌に載っているのと同じ男がさまざまなポーズ、表情で撮られている。たいていはネットニュースが元だ。女性をメインにしたサイトが祥一を近頃人気のモデル兼俳優として取り上げており、中にはインタビューを行っている記事もある。

それらをじっくり読むのは後回しにして、祥一というモデルがどこの事務所に所属しているのか調べてみることにした。彼の所属先はすぐにわかった。『ウィナー』というちいさな芸能プロダクションだ。芸能情報に疎すぎる自分でも、男女のタレントを七人しか抱えていないここが小規模なのはすぐにわかる。

所属タレントの一覧に、祥一の名もあった。プロフィールページを見る。生年月日、出身地は記憶の中の男と合致する。趣味の項目には「読書と映画鑑賞、歌をうたうこと、浜辺歩き」とあった。簡単なプロフィールだけでは、ほんとうに行成かどうか判断しきれないけれど。

「行成も本と映画が好きだったよな……」

ビールをもうすこし呑んで、ああ、こういうときに煙草が吸えたらなと思う。

ためらいなく、思いきり息を吐きたい。同僚のヨウはスモーカーなので、休憩時間に店の裏口を出たところで一服している。

いまさら煙草を吸い始めるわけではないけれど、缶ビールぐらいでは晴れないもやもやが胸にある。

多くの記事を読んでいるうちに、祥一が読モデビューを果たし、際だった相貌とスタイルのよさを買われて事務所に所属するようになり、その感情表現豊かな点をとある監督に見初められ、深夜ドラマに脇役で出演することになってから人気に火が点いたようだ。

そのドラマというのが同性愛のラブコメで、祥一は主役に恋焦れて拗《す》ねたり怒ったり、弾《はじ》けるような笑顔を見せたりと、とかく視聴者の目を奪ったらしい。話の筋としては結局主役は年上の男と結ばれ、祥一扮《ふん》する役は最後の最後まで駄々をこねるというコミカルな演技が好評を博したとか。

もっとまめにテレビをチェックしておけばよかった。ドラマが放映されたのは半年前で、テレビ局のサブスクリプションにもまだ入っていない。

「祥一か……」

役になりきって明るい笑顔を見せる祥一は、髪の色、長さこそ違うものの、間違いなくあの行成だ。学生時代はお互いに黒髪だった。しかし、行成の男っぽさはわずか十五歳でも完成の兆しを見せ始めていた。

あの木内でさえ、行成には一目置いていたのだ。成績は真ん中より上、運動神経が抜群で、男女分け隔てなく親切なところにクラスメイトは好感を抱いていた。

もちろん、宗吾も。

いつ頃からだっただろう、気づけば行成ばかり視線で追っていたのは。

それ以前から異性に対してさほど興味が湧かず、体育の時間に誰よりも早く百メートルを走り抜き、バスケで高く飛ぶ行成から目が離せなかった。

運動音痴の自分とは正反対だ。ボールが飛んできても顔面で受け止めてしまうし、百メートル走だってつねにビリだった。

そんな姿を木内のグループは腹を抱えて笑っていたが、行成だけは笑わなかった。それどころか、皆に遅れてゴールに辿《たど》り着いた宗吾に、『今日は頑張ったじゃん』と快活に声をかけてくれたほどだ。

『宗吾は短距離じゃなくて、長距離のほうが向いてるかもな。瞬発力より、持続力。長い時間一定の体力をキープして走れる根性がおまえにはあると思う。今度、一緒に朝走ろうか。学校行く前に』

『……ほんとうに？』

『うん。俺ももっと体力つけたいし』

そんな約束を交わし、宗吾にとって行成は唯一の友人となった。

週三日、朝六時に学校そばの河原で待ち合わせ、一時間近くかけて走るのが楽しみで仕方なかった。最初こそは息が上がって三キロも走ればバテてしまったが、日々を繰り返すうちに距離は伸びていき、十キロは軽々走れるようになった。

『いつかフルマラソンに出ような』

『行成となら出てみたい』

そんなことも言い合った。だけど、中学時代はあっという間に過ぎ去る。昼食時、教室で孤立していても、屋上に連れ出してくれたのは行成だけ。放課後、ひとりで帰ろうとするとあとから走って追いかけてきてくれたのも行成だけ。短めの黒髪が精悍《せいかん》な風貌によく似合っていた。

知らぬ間に、宗吾は恋に落ちていた。同性の行成に。行成だけに。

高校も同じところに行きたかったのだが、宗吾の両親が勧める進学校と、行成が願書を出した高校は離れていた。

中学では学年トップを取るたびに木内たちのいじめがエスカレートしていったことで、宗吾はだんだんとやる気をなくし、点数を落としていったことで、最終的にはトップ10から外れるようになった。わざと成績を落とすことに悔しさはあったけれども、とにかく木内のターゲットから外れたかったのだ。

それでも、一度目をつけられたら最後、彼らの誹謗《ひぼう》中傷の的になってしまったのはほんとうにつらかった。

行成だけが救いだった。

どれだけ行成と同じ高校に行きたいと言ったことだろう。宗吾の両親は普段やさしく穏やかなのだが、やや過保護気味なところがあった。

とりわけ、父親が『私と同じ学校に行きなさい』と強く勧めてきたことで、結局は折れるしかなかった。まだ子どもだったし、独り立ちするには早すぎた。

そうして、行成と道を違《たが》えたのだ。

思い出せば思い出すほど、鮮やかになっていく。行成の声、笑顔が。

無色透明でしかなかった自分に、中学時代に楽しく綺麗《きれい》な色をつけてくれた。一緒になって汗をかいた日も、タイムを競って走り合った日も、なんでもないことで笑い合った日も、いまでは宝石のようにひとつひとつ胸の中で煌《きら》めいている。

「——そういえば……」

不意に、昼に客として訪れた男を思い出す。泣きぼくろのあった男。下町に溶け込んでいるように見えて、ひとりまばゆい光を放っていた高嶺の花のような男。

慌てて祥一の写真を見直す。どの写真にも泣きぼくろがあった。

そして、行成にもそれはあった。

『ここにほくろがある男って女性を泣かすんだって』

冗談交じりに言った宗吾に、行成は苦笑していた。
まさか、昼の男は祥一なのか。そして行成なのか。
ラフな格好で弁当を食べていったから、この近所に住んでいるのかもしれない。
だったら、また会える。きっと会える。
次に会えたら、なんて言おう。
『祥一さんですか？』
それとも。
『行成か？』
迷いながらビールを呑み干し、液晶画面に映る祥一を見つめる。
屈託ない笑顔は、やはりあの行成なのかもしれない。

2

「ヨウさん、俺がレジ入るから休憩どうぞ」

「あ、もうそんな時間か。ありがとう」

ヨウがレジから身体を引き、「そういえば」と言う。

「この間教えたゲーム、どうだった？　プレイした？」

「ちょっとだけ。パズルは難しいけど、謎解きが面白いよね。ストーリーにも巧みに伏線が張ってあってついつい先に進みたくなっちゃう」

ほんとうにそうだった。ただの暇潰しと思って始めたゲームだが、隙間時間にちょっと遊べる手軽さもいいし、それとは裏腹にシリアスなミステリーが展開していくのも面白い。ヨウから教えてもらった日からちょこちょこ遊んでいて、いまは第三章に突入している。

――彼は今日も来ないんだろうか。

レジを打ちながら客たちの顔をちらりと眺める。

祥一《しょういち》、もしくは行成《ゆきなり》、はたまたまったくの別人かもしれない男にはこの三日、会えていなかった。

近所に住んでいる、という予測はただの思い込みだったか。

できることならもう一度会いたい。祥一でも行成でもなかったとしても、もう一度でいい、この目で確かめたい。

十五分ほどレジ打ちに専念していたときだった。目の前にすっと影が落ち、「お弁当、温めてください」と低い声がする。

ぱっと顔を上げれば、あの男だ。

今日も黒いキャップを目深にかぶり、マスクを着けている。

わずかに左目の下に泣きぼくろが見えた。今日も髪をうしろでひとつにまとめている。それでも肩につく長さのアッシュブロンドヘアは目を引く。

「温め、ですね。わかりました」

自分でも声が上擦っているのがわかる。頬が熱い。

記憶の中の行成をもっと大人にしたら、こんな声だろうか。

ひとは、想い出の中にある人物に関する記憶として、まず最初に忘れるのは声だという。なにかの雑誌でそう読んだとき、自分は違う、行成の声は忘れていないと思ったものだ。

しかし、なにせ八年も離れていたのだ。十五歳のときと、きっと自分と同じ二十三歳になっただろう行成の声はこれだと断定するには自信がなかった。

「三十円のおつりです」

「ありがとうございます」

男は丁寧に言って、ハンバーグ弁当とミネラルウォーターのペットボトルを持ってイートインコーナーへと向かう。

今日は窓に向かって座ったので、カウンター内からも彼の背中が見えた。

ただ座っていてもなんとなく目が吸い寄せられる。

姿勢がいいのだ。

男はわずかにうつむいて弁当を食べ、おしまいにミネラルウォーターを呷《あお》る。その背の反らし方に目を瞠《みは》り、思わずカウンターを出て彼に近づいた。

他に客がいないのを確かめ、ごくりと唾を呑む。

見覚えのある背中。斜めに顎を反らしながら水を飲む癖。

自分の間違いじゃなかったら。

「……行成、か？」

男は弾かれたように振り返り、キャップのつばを親指で押し上げる。

そうすると左目の下の泣きぼくろがあらわになり、切れ長の目とかち合う。

彼も驚いていた。しばし口をぽかんと開け、瞬《まばた》きを繰り返す。

「――……宗吾《そうご》？」

「行成だ、ほんとうに行成なんだ」

キャップからはみ出ている髪はアッシュブロンドだけれど、どこか人懐っこいものを感じさせるその目は八年前となんら変わっていない。

「びっくりした……三日前にも来てくれただろう。そのときも目を惹く奴《やつ》だなって思ってたけど」

「宗吾こそ。久しぶりだな……もう八年も経つか」

「うん。高校が違ったし、あのあとおまえ、LINEのアカウント消しちゃったよね。同窓会にも来なかったし。って言っても、俺も出てないけど。……俺、中学時代の友だちはおまえしかいなかったから、連絡先がわからなかったんだ。家の電話も繋《つな》がらなくて」

八年間、胸で温めていた言葉が次々に口をついて出る。最初は声が掠《かす》れ、途中から興奮のあまり早口になってしまった。

「引っ越したんだよ。……高校入ってすぐに」

「そうだったんだ。お父さんの仕事の都合？　確か商社勤めで転勤が結構多いって言ってたもんね」

「うん、まあそんなとこ」

どことなく曖昧に口を濁したものの、行成はすぐににこりと微笑《ほほえ》む。

「ごめんな、連絡しなくて。おまえのこと……忘れてなかったけど、俺もいろいろあったたか

ら」

「いいんだよ、そんなの。またこうして会えただけでも嬉《うれ》しい。奇跡みたいだ。俺の勤めてるコンビニに八年ぶりにおまえが来てくれるなんて」

昂《たか》ぶる想いそのままに声を弾ませれば、行成はくすりと笑い、耳たぶを引っ張る。

「その癖も変わってないよね。行成、なんか照れくさいと耳たぶを弄《いじ》るんだ」

「そうか？　そうなのか。気づかなかった」

「あと、その髪……染めてるんだよね。すごく綺麗な色だ」

「ああ、これは仕事で。ていうか、おまえ、俺が誰だかまだ気づいてないのか？」

逆に問われて言葉に詰まる。言っていいものかどうか。だけど、彼のほうから水を向けてくれたのだから、問題ないだろう。

「俺、芸能人には疎いんだけど、この間女性誌でおまえっぽい男性モデルを見かけたんだ。いまブレイク中の祥一、っていうモデル兼俳優。もしかして、あれ、行成？」

「当たり」

いたずらっぽくウインクする様は決まっていて、さすが芸能人だ。

「でも驚いた。祥一さんですか、って声をかけられることはあるけど、名字で呼んでくれるひとはすごく久しぶりだ。ここに勤めてるのか？」

「うん、半年前から」

「その前は？　大学は行ったんだよな」

「行った。卒業後は親の勧めで大手のアパレルメーカーに入社したんだけど、パワハラに遭っちゃってさ。ノルマも想像以上に厳しくて……それに、服が好きな俺の考えと、その会社の方針が違うって入社後にわかったんだ。だから辞めた。いまはフリーター」

「そっか。お互い不安定な職業だな」

お互いに目配せして笑い合った。

こうして話していると時計の針が八年前に戻った錯覚に陥る。

もっと話したい。訊《き》きたいこともあるし、知りたいこともある。

──離れていた八年の間、なにしてた？　どんなことをしてたんだ？　誰と一緒にいた？

「天宮《あまみや》くーん」

店長の声だ。振り返るとレジにひとが並び始めている。

「ごめん、戻らないと。また来る？」

「ああ、来るよ。近くに住んでるんだ」

「そうなのか！　だったらちょくちょく会えるね。とりあえず、また今度」

手を振ってレジに走りながら振り返ると、行成もちいさく手を振り返していた。

忙しい芸能人だから、近くに住んでいるとはいえ、そう簡単には会えないだろうと考えていた。思ってもみない邂逅《かいこう》に胸を躍らせ、落ち着かない。

店に来るひと来るひとの顔をパッと見る癖がついてしまい、行成ではないとわかるとがっかりしてしまう。

そのことにいち早く気づいたのはヨウだ。客が途切れた時間、並んでレジに立っているときに肩先をつんつんとつつかれ、「もしかして、あの格好いい男性と知り合いだったの？」と訊かれた。

「うん。じつは中学時代の同級生。連絡先がわからなくてずっと会えてなかったんだけど、この間客として来てくれたんだ」

「へえ、そんなミラクルもあるんだ。素敵だね。彼と君が話してるところちょこっと見かけたけど、すごく楽しそうだった。僕も見たことがないぐらいの笑顔だったよね、天宮君」

「え、そ、そう？　……そんなに顔に出てたかな」

「一番の親友？」

「……ん」

というより、初恋の相手だ。

ヨウは親切だしやさしいいし、気が利く。行成のことも話してみたいなと思うが、まず自分自身がいまの彼のことを正確に摑《つか》んでいない。芸能人だということは伏せ、「この近所に住んでるんだって」と言った。

「でも、仕事が忙しいだろうからあまり会えないと思う」

「彼、お弁当を買ってかならずここで食べていくよね。自炊しないのかな」

「かもね。料理上手とは聞いてないし。俺が言うのもなんだけど、コンビニ弁当ばかりじゃ栄養が偏らないかな」

「じゃ、新発売された野菜ジュースを勧めてみたらどう？　あと、サラダとごまドレッシングも。どっちも新商品で美味しいと評判だよ」

「わかった。次に来たら勧めてみる」

そんなことを話していたら、数日ぶりに「お弁当、温めてください」とあの声が聞こえてきた。

驚いて振り向けば、行成だ。いつもどおり、キャップにパーカ、ジーンズという格好だ。

「一週間ぶり」

行成が、宗吾だけにわかる目配せをする。

「忙しいんだね。いま温めるからちょっと待ってて」

「ん」

「お待たせしました、次のお客様、どうぞ」

行成の弁当を温めている間に次の客の商品をスキャナーで読み取り、精算する。

チン、と音がしたのでレンジの扉を開け、「唐揚げ弁当、お待たせしました」と言って箸とともにおとなしく待っていた行成に渡す。

「ありがとう」

それだけ言って、行成は一緒に買ったミネラルウォーターを脇に挟んでイートインコーナーへと足を向ける。

その姿を見るだけでそわそわしてしまう。

「僕がレジを見てるから行っていいよ。お客さん、すくないし」

ヨウが小声で囁《ささや》いてくれたので、「ありがとう」と礼を言い、冷蔵棚に駆け寄る。

パックの牛乳やコーヒー、野菜ジュースが並ぶ中から一本を取り出し、自分の支払いとして別のレジで精算して弁当を食べている行成の隣に立った。

「これもよかったら飲んで」

「え?」

「野菜ジュース。美味しくてローカロリーで人気あるんだ。よかったらどうぞ。俺の奢《おご》り。再会祝いにはぜんぜん足らないけど」

「いいのか、もらっちゃって」

「もちろん。うちのお弁当を気に入ってくれてるのは嬉しいけど、もうすこし野菜も摂《と》ったほうがいいよ。お勧めのサラダとドレッシングもあるんだけど、どう?」

「何味?」

「ごま」

「なら、食べる。それは自分で買うよ」

食べかけの弁当に蓋をして、行成は宗吾お勧めのサラダとごまドレッシングを持って再度レジに並ぶ。ヨウが精算してくれたので、もうすこし話せそうだ。

「今日はオフ?」

「夜から撮影。さっき起きた」

いまは昼の十三時を過ぎたところだ。芸能人がどういうタイムスケジュールで仕事しているか、いまいち想像がつかない。

「夜から撮影って、もしかして朝までかかるのか」

「今日はね。深夜の海をバックに撮る予定だからスタートが遅いんだ。この弁当を食べたら出かける。あ、そうだ、宗吾。連絡先交換しないか?」

「するする」

待ってて、と言い置いて、急いで従業員室に戻り、スマートフォンを摑んで彼の元に戻った。LINEのアドレスと電話番号を交換し、ほっと息をつく。

これでようやく、彼と繫がれた。

「いつでも電話してきていいから。俺、寝てるかもしれないけど」

「え、だったら迷惑じゃないか。ＬＩＮＥにメッセージを送るぐらいにしておくよ」

「助かる。そういや、今度の土曜の夜、空いてないか」

「空いてる」

食い気味に即答してしまった。

「ここでのバイトは朝十時から十八時までだから、夜はいつでも空いてる。俺の住所も教えておくね」

「こら、おまえの大事なプライベートをそう簡単に漏らすな。個人情報だろ」

「だって行成が相手じゃないか」

信頼しきった声で言うと、行成はちょっと呆《あき》れた顔で肩を竦《すく》める。

「親友だったとはいえ八年ぶりに会った相手にあれこれ漏らすなんて無防備だな」

「だって……行成だし」

そうとしか言いようがない。

十五の頃からずっと恋をしていた相手にやっと再会できたのだ。

離れていた時間を埋められるならなんでもしたいというのが本音だ。

――おまえが好きだったから。

親友だと思い込んでいる彼にそんなことは到底明かせないけれど、できるだけ距離を縮めたい。

　繋がったＬＩＮＥから早速アパートの住所を送る。すると、それを見た行成が「ほんとうに近所なんだな」と呟いた。

「俺の住んでるマンションからも近い」

「そうなのか」

　ご近所さんだとわかると途端にわくわくしてくる。遠い過去に置いてきた想い出を一気に手に入れた気分だ。

「とりあえず、今日は帰るよ。話したいこともあるし、よかったら土曜の夜は俺の家に遊びに来ないか」

「行く！」

　ぐっと拳を固めた宗吾に行成は可笑しそうに笑って、ぽんと頭を叩《たた》いてきた。

「じゃあ、またな。連絡する」

「仕事頑張って」

　帰っていく行成を見送っていると、ヨウが背後からのぞき込んできて、「進展したみたいだね」と微笑む。

「連絡先、交換できた？」

「できた。よかった……こんなにスムーズに行くなんて思わなかった」

「天宮君が強く願っていたからじゃないのかな。さ、お約束を楽しみに仕事しよう」

「うん」

自分でも恥ずかしくなるぐらいうきうきしていた。

バックヤードに向かい、商品を棚に陳列している間も、レジ打ちしている間も、店内清掃している間も、頭の中にあるのは行成の笑顔だった。

3

その日は一日中そわそわしていた。

朝起きたときから、今日は行成《ゆきなり》に会える、夜には彼の家に行けると胸が高鳴り、仕事にも熱がこもった。

ひとりひとりに丁寧に接し、十八時ぴったりに「お疲れさまでした」と仕事を上がり、急いで従業員室で制服を脱ぐ。

四月の半ば、土曜の夜はずいぶんと暖かい。

七分袖のコットンシャツにジーンズという格好で失礼がないだろうか。

昔の友人に会うだけなのだが、宗吾《そうご》にとっては初めての恋——そしていまでも想っている相手だ。せめて清潔な姿で会いたい。

気に入っているグリーンのトートバッグに制服を詰めて、裏口を出た。明日は休みなので、行成宅を辞去したら自宅で洗濯しよう。

彼とコンビニで会った深夜、ＬＩＮＥにメッセージが届いていた。

『土曜の十九時、俺の部屋に来てくれるか。ピザか寿司でも取るから』

嬉しい、嬉しい、嬉しい。

何度もメッセージを読み直し、『五分前には着くようにするから』と返した。

お土産はコンビニで買った缶ビール六本。多少なりともアルコールを入れないと、挙動不審になりそうだ。

行成のマンションはコンビニから五分ほど歩いたところにあった。

築浅で、クリームベージュの外壁がとても綺麗だ。玄関は当然オートロックなので、パネルで彼の部屋番号を押すと、『はい』と返事がする。

「天宮、だけど」

『ああ、もう来たんだ。いま開けるよ』

続いて自動ドアが開く。エレベーターに乗って七階まで上がり、角部屋へと足を向ける。すでに行成がドアバーを押し開けて顔をのぞかせていた。

今夜はアッシュブロンドの髪がちゃんと見えていた。センターパートにしている根元から毛先まできらきら染まっている。

全身から漂うオーラがやはり一般人とは違う。なんというか、ひとの目を惹きつけるのだ。高身長で整った相貌はネイビーのルームウェアを着ていても迫力がある。

「ごめん、早すぎた？」

「ちょうどぴったり。部屋の掃除もなんとか終わったところ。上がってくれ」

「お邪魔します」

通された部屋は思いのほか広かった。

ひとりで住んでいるはずだろうに、3LDKもある。出されたスリッパを履いてリビングに入り、勧められるがままソファに腰を下ろす。

「行成、これお土産。期間限定の美味しいビールを買ってきたんだ。買ってきたばかりだから冷えてる」

「お、悪い。じゃ、早速冷蔵庫に入れておくな」

「ここ……ひとりで住んでるんだよな？　広そうな部屋だけど」

「事務所が借りてくれてるんだよ。寝室とゲストルーム、それと動画用の部屋」

「動画用の部屋って？」

リビング続きにあるキッチンの冷蔵庫にビールを詰めていた行成が冷えた麦茶を出してくれた。

「俺、知名度が上がってきたのは最近だから。もっといろんなひとに知ってもらうためにもネットで定期的に動画配信してるんだ」

「へえ、どんなことしてるの」

「街歩きを紹介したり、一週間ファッションコーディネイトを紹介したり。お勧めの本や映画を紹介することもあるし、ただだらっと喋《しゃべ》る回もある。ファンから質問やお悩み相談を募集して答えていく、みたいな。不思議なことにそういうだらだら回が結構再生回数が多いんだ」

「憧れのひとに悩みを打ち明けて答えてもらえるのがやっぱり嬉しいんじゃないかな。身近に感じるし、観ている側も応援したくなる」

「そういうもんかな。俺、浜辺歩きが趣味だから、たまの休みには茅ヶ崎《ちがさき》や湘南《しょうなん》に行ってぶらぶらする動画も撮るんだよ。広い海を見るのも楽しいと思うんだけど」

「ファンとしてはいろんなおまえを見たいんだと思う。でもやっぱり声や表情を近くに感じたい気がする。俺がこうして『祥一《しょういち》』の部屋に上がってるってファンにバレたら大炎上だよね」

「一番の友人です、って紹介する動画を作ろうか」

「い、いい、いい。表に出せる顔じゃないし」

「そうか？　宗吾、可愛《かわい》い顔してるのに」

なにげない調子で言う彼に、かっと耳が熱くなった。

可愛いなんて言われたことがない。

そういうのは女の子に言え、と思うのと同時に、誰にも言ってほしくないという欲深な自分もいる。

「そろそろなにかデリバリーしようか。ピザと寿司、どっちがいい？」

「うーん……ビールがあるからどっちでも合いそうだけど……せっかくの再会祝いだから、お寿司にしようか」

「わかった。景気よく特上を取ろう」

行成がデリバリーのメニューを片手にスマートフォンを耳に押し当てる。

「……そうです、特上ふたつ。はい、お願いします。……二十分後には届くって」

「そっか」

「それまでにルームツアーでもしてやろうか」

「いいの？　それこそファンに殺されそう」

「ふふ、だからおまえと俺の秘密」

立ち上がった行成についていく。キッチンは広々としていて、冷蔵庫とレンジ、トースター、ちいさな食器棚ぐらいしかない。

三口あるコンロにはケトルと片手鍋だけ。

「自炊はしないのか。炊飯器がないみたいだけど」

「ほとんどしない。食事はほとんど外で摂るんだ。それか、弁当を買ってきて家で温めるとか」

「ふうん……」

次に連れていかれたのはバスルーム。サニタリールームの壁はレモンイエローで爽やかだ。

「一応、洗濯機はあるんだ」

「面倒だけど買った。全自動だから乾燥までしてくれて楽ちんだ」

シャワーを使うことのほうが多いのだろうか。バスタブはぴかぴかだ。

「こっちがゲストルーム。事務所のひとが泊まりがけで打ち合わせするときに使うことがあるんだ」

八畳ほどの部屋にはシングルベッド、デスク、椅子だけが置いてある。水色のカーテンは閉まったままだ。

「こっちが俺のベッドルーム。一番落ち着く部屋」

「わ、真っ暗」

「遮光カーテンを引いてるからな。暗くしないと眠れないんだよ」

ダブルベッドには羽毛布団が掛けられており、足元にルームウェアが丸まって置かれていた。

そのことにくすりと笑い、「寝心地よさそうなベッドだね」と言う。

「あとはトイレとベランダぐらいかな。夏場はベランダにデッキチェアを出して本を読むのが好きなんだ」

「行成、読書好きだったもんね」

「覚えてたか」

「もちろん。中学のとき、おまえに屋上でよく面白そうな本をいろいろ教えてもらったの、いまでも覚えてる。自分でも買ってみて夢中になって読んだよ」

「なにが一番面白かった？」

「司馬遼太郎《しばりようたろう》の『燃えよ剣』」

「渋いな。でもあれ、いま読んでもわくわくするよな。俺も大好き」

枕元には文庫が数冊置かれているのがうっすら見えた。眠る前にぱらぱらと好きな本をめくるのだろう。

「いま読んでるのはなに？」

「池波正太郎《いけなみしようたろう》を読み直してる」

「行成だって渋い」

片思いをしている男の寝室をのぞいて胸がはやるが、それはなんとか顔に出さず、シンプルな室内を見回す。

ここで行成はどんな夢を見るのだろう。過去の想い出も出てくるだろうか。

チャイムが鳴る。デリバリーの寿司が届いたようだ。

「俺が受け取るから、宗吾は缶ビールを冷蔵庫から出しておいてくれ」

「わかった」

キッチンに勝手に入るのはやけにドキドキする。冷蔵庫を開けると、ものの見事になにもない。醤油《しようゆ》も味噌《みそ》も卵もない。

あるのはミネラルウォーターとトマトジュースのペットボトルとエナジードリンクぐらいだ。

ここを食材でいっぱいにする想像をしてみる。

いまなら春キャベツが美味しいから、挽肉《ひきにく》を買ってきてロールキャベツを作るのはどうだろうか。コンビニで買っている弁当からしても行成は肉が好きみたいだから、ハンバーグやピーマンの肉詰めだってきっと喜ぶだろう。

——作ってやりたいな。

冷蔵庫の中段に入れられていたビールを取り出し、二客の椅子がセッティングされたテーブルに運ぶ。

ここに来るのは事務所のひとだけだろうか。芸能人なのだから交友関係が広く、宗吾が知らない知人、友人が集まることもあるのかもしれない。

ちりっと胸が焦げる。

八年も離れていたのだから、互いに人間関係が変わっていても当然だ。自分にだってコンビニの仲間がいるし、五か月だけ勤めていたアパレル会社でもひと付き合いがあった。いまではすっかり連絡が途絶えてしまったけれど、当時の同僚、先輩、上司のことはよく覚えている。行成にはどんな知り合いができたのだろう。いいひとだとよいのだが。

「来た来た。さあ、食べよう」

寿司桶《おけ》をテーブルの真ん中に置き、行成が一緒についているプラスティック製小皿と醤油を渡してくれる。ラップを剝がすと、トロ、ウニ、イクラ、タイと豪華だ。

まずはビールで乾杯し、互いにごくごくと喉を鳴らす。

「美味《うま》い。期間限定だっけ？　爽やかで好みの味だ」

「気に入ったらまた持ってくるよ」

「ふふ、自分で買うって。なにから食う？　俺、イクラが苦手だからやるよ」

「ほんと？　だったら俺のウニをあげるよ」

「ウニの美味さがわからないなんてもったいない」

「行成こそ。イクラの甘みがわからないなんて人生損してる」

互いにアルコールが入ったことで気が解れ、笑い合いながら寿司をつまんだ。

「そういえば、アパレル会社を辞めたって話だけどさ、そんなにパワハラひどかったのか」

「……うん」

ほとんど寿司を平らげたあと、ふたりして二本目の缶ビールを開けていた。

いい感じに酔っているいまなら話せそうだ。たった五か月前の出来事でまだ気が重いが、誰かに話してすっきりしたいという思いもあった。

「ちょっと暗い話してもいい？」

「どんなことでも」

鷹揚《おうよう》なひと言に救われた気がして、ビールでくちびるを湿らせた。

「俺、昔から古い物が好きなんだよね。服でも本でも、おもちゃでも。べつに高価なアンティークが欲しいわけじゃなくて、いろんなひとのいろんな想いが詰まった品々が好きなんだ。とりわけ、服はそう。状態がいいのになんらかの理由で手放さなければいけなくなってしまった一枚に出会うのをいつも楽しみにしてるんだ」

それで、最初は古着屋に勤めようと考えていた。下北沢に行きつけの店があり、オーナーとも親しく口を利く仲だ。

「だけど、親がせっかく入るならちゃんとした会社に入れって譲らなくて。新しくて流行の服に興味がないわけじゃないけど……まっさらの服に袖を通すより、くたくたになったネルシャツを大事にしたいんだよね。だいぶ話し合いをしたんだけど、結局押し切られて……二十代から三十代向けの服を作ってるアパレルメーカーに入ったんだ」

そこでの日々は想像以上に過酷だった。最初の半年は研修と称して新入社員は全員店頭に立ち、接客を学ぶ。

「商品の扱い方や素材についても一から学ばせてもらえたことはありがたいといまでも思ってる。でも、ノルマがきつくて。購入を迷ってるお客さんに強引に買わせるような手段も好きになれなくてさ。行成ならわかると思うけど、俺、ひと付き合いが苦手だろ。要領も悪いし、不器用だから、なにをしていなくてもなんとなくハブられちゃう感じ……」

ああいうのを社会人になってまでも経験したくなかったんだ。

ぽつりとこぼすと、行成はいたわしそうな目をし、「会社でいじめられたのか」と言う。

「いじめってほどじゃないけど、疎外感はあった。誰と話しても浮いちゃうし、微妙に嚙《か》み合わない。そもそも俺自身がそのブランドの商品をこころから愛せなかったのが一番悪いと思うんだけどね。そんなこんなでギクシャクして、自分のこの先も見えなかった。だから、研修が終わる五か月後に思い切って辞めた。上司には……嫌み言われた。『いまの子は根性が足りないよね』って」

「そんなの、前時代的だろ。そもそも厳しいノルマを課せられることだって大変なんだし。いまの時代、服を売るってほんとうに大変だろ。モデルをやってるから俺もわかるよ。高価でも長く着られる服っていうのは見向きもされなくなってきて、ワンシーズン着られればいい、縫製が雑でも流行の形をしていればいいっていう服、山のように見る。そういうのを売らなきゃいけない側も大変だよな」

おもんぱかるような言葉がじんわりと胸に響く。

いまはネットでもなんでも簡単に買える時代だが、やはりモデルが実際に着ている写真があると服のよさがよくわかる。

平置きではわからないシルエットや皺《しわ》の寄り方、生地感は、厚みのある身体を持つ人間がさまざまなポーズを取ることで見ている者の購買意欲をそそるのだ。

以前見た女性誌の祥一も、服の見せ方を熟知していた。コーディネイトはスタイリストによるものかもしれないが、ジャケットのポケットに手を入れたり、パジャマの襟元をくつろげたりして、生地のなめらかさや身体にフィットする様をうまく見せていた。

あの号に載っていた商品を興味半分でネット検索したら、ほぼ完売していた。そのことからも、祥一の人気の高さがわかろうというものだ。

「でも、俺の場合は仕事でサンプル品や新品を着ることが多いから、古着のよさはあまりわからないな。誰の手を通ってきたかわかんないし」

ビールを呷る行成に身を乗り出し、「そこがロマンなんじゃないか」と熱く語ってしまった。この手の話になるとついついのめり込んでしまう。

「前の持ち主はどんなひとだったんだろうとか、どんな理由で手放したんだろうとか、考えない？　サイズが変わったのかなとかさ、引っ越しのために整理したのかなとかさ。捨てようと思えば捨てることもできたはずなのに、わざわざ古着屋に持ち込んだっていうのは、まだ誰かに着てほしいと思ったからなんだって俺はよく考える」

「ブランド品なら高く売れることもあるしな」

「うん、まあそうなんだけど……うーん、ブランド品にもあまり興味がないかな。まるっきりないわけじゃないけど。アメリカやイギリスのユーズドには掘り出し物が多いんだよ。日本じゃお目にかかれないようなジャケットとかジーンズとか、スタジャンとか」

「ほんとおまえ、古着が好きなのな」

くくっと笑う行成が椅子にもたれ、缶ビールの縁を指で弾く。

「だったら、コンビニのバイトじゃなくてその下北沢の古着屋に再就職すればよかったのに」

「いま募集が出てないんだよ」

もっともな言い分に、ついくちびるを尖《とが》らせた。

「アパレル会社に勤めようかどうしようか悩んでいた頃はその店もスタッフを募集してたんだけど、人気のある店だから。すぐに応募があったってその後店長に聞いた。あーあ……あのとき迷わずに、親に逆らってでもあの店に勤めてたらいま頃は……」

「宗吾は昔からいい子だもんな。高校も親が勧めたところに行ったんだろ」

「うん……やっぱり意志が弱いんだよな、俺。他の古着屋にも当たってみたんだけど、最初の勤め先を五か月で辞めてしまったことが災いして、立て続けに面接落ちちゃって……こころが折れた。でも独立してるから働かなきゃいけないし。それで、たまたま見つけたのがいまのコンビニ」

「会社を辞めたときは親と揉《も》めなかったのか」

「揉めた、というよりめちゃくちゃ怒られた。辞めたあとに報告したからね。もともと大学入学をきっかけにひとり暮らししてたんだけど、会社を辞めたあとはあまり実家に出入りしてないよ。父親の怒りがまだ解けてないし。……思えば中学のときから妥協続きの生き方してる。高校も就職先も親の勧めに従ってしまって、自分なりに戦おうとしなかった。そのツケがいま回ってきてるのかもな」

「そう心配するな。時間が解決してくれるさ」

空になった缶をカッンとテーブルに置き、行成は頬杖《ほおづえ》をつく。左手で頬を支えているとさらりとひと筋ブロンドヘアが頬に落ち、余計に目元のほくろが蠱惑的《こわくてき》に見える。

「そのほくろ……やっぱりおまえのこと三割増しに格好よく見せてる」

「女性を泣かすほくろ、だったっけ？　言っとくけど、まだ泣かしたことはないぞ」

「人気のモデル兼俳優なのに？　あ、そういえばおまえの出てたドラマって録画してない？　深夜帯のドラマでゲイの男性をコミカルに演じたやつ」

「あるけど。観たい？」

「観たい！」

またも食い気味に言ってしまい、行成がくすくす笑うことに頬が熱くなる。

「『祥二』にも興味があるんだ。嬉しいけど」

「いや、……そう、だけど、うん、ていうか、あの行成が離れていた間にモデルばかりか俳優にもなってたなんて思わなくて。ネット記事でも評判がよかったから、機会があれば観てみたかったんだ」

「じゃ、あっちのソファに移るか。ビールもう一本呑むか？　お互いに最後の一本」

「呑む」

ソファに並んで座ると考えただけでも胸が疼く。

好きな男の部屋に上がり、食事をともにしながら思い出話に花を咲かせ、いい気分でビールを呑みながらますます男っぷりの上がった行成が『祥一』として演技を披露しているところが観られるなんて夢みたいだ。

冷えた缶ビールを手渡してくれた行成がぽすんと隣に腰掛け、大型液晶テレビのスイッチを入れる。

それからブルーレイを起動し、録画していた番組の中から目当ての作品を探し出した。

「全六話なんだけど、俺が出てるのは二話と四話、五話。通しで観る？　それとも『祥一』セレクションを観せてあげようか」

「どっちも観たい……から、これ、ブランクディスクに焼いてくれないかな。家でもじっくり観たい。今夜はおまえのお勧め『祥一』セレクションで」

「了解。じゃあ、一番見せ場の多い第五話」

リモコンを押すと、ドラマの第五話が再生される。

メインカップルが些細《ささい》なことで揉めて同居を解消し、ここぞとばかりに主役の男性に言い寄るというのが『祥一』の役割だ。

ディスプレイに映る行成の顔をまじまじと見つめた。それから隣の男に目をやる。ドラマ時と同じアッシュブロンドの髪なのだけど、やはり雰囲気が違う。

画面の中の『祥一』は主役を食うほどの存在感を放っていた。

別れ話を切り出されたと肩を落とす主役を懸命に慰め、『よかったらしばらく僕のところに来ません？』と声を上擦らせる。彼を心配しながらも、どうにか自分のものにできないかという表情は宗吾の知らない顔だ。

「……こんな顔、できるんだ……」

「そりゃ一応役者の端くれだし」

コミカルに振る舞いながらも、ときには主役への恋情を隠しきれない『祥一』に感情移入してしまう。

憑依型《ひょういがた》の役者なのだろう。普段目にしている行成とはまったく違う。

第五話の筋としては、結局恋人を諦めきれない主役が仲直りをするためのメールを送り、さてどんな返事が来るか、というところで終わっている。

「最終話ではすったもんだありつつも、なんとかハッピーエンド。深夜帯のドラマの割には視聴率がよかったんで、俺にもスポットライトが当たったんだ」

「違うよ……『祥一』の存在感がすごいんだよ。ときどき、主役が霞《かす》むぐらいだった」

「そこまで言われると照れるな」

耳たぶを引っ張る行成がビールに口をつける。

「いままでもちょい役で出演させてもらったことがあったけど、ここまで色の強い役を演じたのは初めてだったからさ、ドキドキした。モデル上がりの俳優になにができるんだって業界内外で揶揄《やゆ》もあったし」

「おまえのファンは応援してくれただろ？」

「大多数はな。でも、批判の声もあったよ。『私が見たいのはモデルの祥一君であって、大根役者の祥一君じゃありません』ってSNSに直接書き込まれた」

「ひどい……それ、なんて返事したんだ。無視したのか？」

「いや、『精進しますのでよかったら見守っていてください』と返した。確かに最初に出た数本は大根だったし。役者として評価されたのはこの作品が初めてなんだ。だから、俺にとっても特別」

「そっか……これ、続編とか作られないかな。新しい恋を見つけるおまえのスピンオフとか。それなら行成が主役になるだろ」

「はは、そうなったら万々歳だけど、世の中そう甘くない。ただ、この作品だけで終わらせたくないと思ってるから、いいオファーがあったら乗ろうと思ってるんだ」

いつの間にか熱っぽく語る彼の横顔に、――そういえば、と思う。

「行成、昔から役者志望だっけ？　読書と映画鑑賞が好きなのは知ってたけど、芸能人になりたいっていうのは聞いたことがなかった気が」

「あー、うん」

決まり悪そうに行成が頭をかく。

「なんていうか……流れ？」

「流れ？」

「――高校入学した直後、俺、原宿《はらじゅく》をぶらついてたときにいまの事務所にモデルとしてスカウトされたんだよ。最初は読モとしてちらほら誌面に載ってただけなんだけど、それなりに注目が集まって、モデルとして本格デビューすることになった。その撮影時にたまたま居合わせたとある監督が、俺の表現力が豊かだから一度ドラマに出てみないかって誘ってくれたのがきっかけ」

「すごいな、シンデレラストーリーだ」

「まあね」

成功を重ねてきた道のりを語るには物憂げな表情なのが気にかかる。

もしかして、あまり話したくないことがあるのだろうか。芸能界はなにかとセクハラ、パワハラ、モラハラが渦巻いている場所だし。

「行成は……おまえはこの八年どうしてたんだ？　高校はどんな感じだった？　大学は？」

言いかけたとき、ふああとあくびをした行成が大きく伸びをする。

「もっと話したいところだけど、今日はもう眠い。こうしてゆっくり会えるようになったんだから、その話はまた今度でもいいか」

「あ、うん……」

一番聞きたかったところなのに肩透かしを食らわされた。けれど、行成の目の端には薄く涙が滲《にじ》んでいるし、眠いのはほんとうなのだろう。

空き缶を手にし立ち上がった行成が「そうだ」と振り向いた。

「せっかくだから、今夜泊まっていけよ」

「え？」

「ゲストルームあるし、俺の着替えでよかったら。下着は新品があるし」

「え、でも、でも突然、だし」

「明日仕事？」

「休み……だけど」

「なら決まり。俺も明日はオフなんだ。ふたりでどっか行かないか。久々に会えたんだしさ」

「いいの？　ほんとうに？」

降って湧いた幸運に声が震えてしまう。

ただ食事を一緒にして、話をしただけでもしあわせなのに。

図々しく居座ってもいいのだろうか。

煩悶《はんもん》する宗吾を尻目に行成はすたすたとリビングを出ていって、パジャマと新しい下着を持って戻ってきた。

「ほら、これ」

「あ、ありがとう……じゃあ、お言葉に甘えて」

「俺、朝は弱いからしつこく起こして」

「わかった。あ、だったらせめてものお礼に明日の朝食、俺が作るよ」

「へえ、なに？」

「明日のお楽しみ」

自分でもわかるぐらい声がうきうきしている。

早朝のうちにコンビニに行って、卵とハム、チーズを買ってこよう。ついでに低脂肪牛乳も。最近のコンビニは新鮮な野菜を取り扱っていることも多いから、トマトがあったらそれも。目玉焼きとチーズトースト、サラダに牛乳があれば立派な朝食だ。

「俺はシャワーですますけど、宗吾はどうする？」

「俺もシャワーでいいよ。ありがとう」

「じゃ、先に浴びてくるよ」

そう言って行成はリビングを出ていく。ごそごそと物音が続いたあとに、かすかな水音が聞こえてきた。

どくどくと心臓がうるさい。ビールの他にワインも買ってくればよかった。

とりあえずテーブルを片づけ、缶を集めてキッチンに運ぶ。軽く中身を水洗いして、コンビニのビニール袋に潰して詰める。

キッチンにゴミ箱がないのも、自炊をしない証拠だ。

カウンターのうしろには背の低い食器棚が置かれ、お飾り程度に食器がしまわれている。マグカップが三つ、皿が二枚。お椀《わん》がひとつ。

箸もスプーンもないので、コンビニ弁当を食べるときは店でもらうのだろう。

「はー、気持ちよかった。宗吾の番。シャンプーとか好きに使っていいから」

首にタオルを引っかけた行成が水色のTシャツとハーフパンツという格好で出てきた。

「助かる。お借りするね」

キッチンクロスがかろうじてあったのでそれでカウンターを綺麗に拭き、着替えのパジャマと下着を持ってバスルームへと向かう。

室内はまだ湯気が残っていた。ふわふわと温かい。サニタリールームの扉を閉めて衣服をもたもたと脱いで畳む。

シャワーは最初から熱めにした。こんなにも昂ぶっているのだ。冷水を浴びたほうがいいのかもしれないが、彼と一緒にいたあいだに汗をかいたので熱い湯で流したい。

無香料のボディソープを身体で泡立て、次にオレンジのほんのり甘い香りのシャンプーで髪を洗う。

行成と同じ香りだと思うと胸がはやる。

まさか、泊まることになるとは思わなかった。結構酒を呑んだし、家に帰るよりは泊まらせてもらうほうがありがたいのだが、それが初恋の相手の家となると事情が異なる。

どこもかしこも行成の存在を感じ、そそくさと髪にコンディショナーを擦り込ませて洗い流す。アルコールでぼうっとしていた頭が幾分かしゃっきりした。

外に出てふかふかのバスタオルで水分を拭き取り、新品のボクサーパンツ、洗い立ての黄色のTシャツとハーフパンツを身に着ける。自分には幾らか大きめだ。

普段、行成が着ているのだろう。身幅も丈もひと回り大きい。

そのことに耳を熱くし、畳んだ衣服を脇に挟んで「シャワー、ありがとう」とリビングへと向かった。

ソファに座り、きらきらしたアッシュブロンドの髪をタオルで拭いていた行成が、「ん」と頷《うなず》いて立ち上がる。

連れていかれたのはゲストルームだ。

「薄掛けとタオルケットを用意しておいたから。シーツと枕カバーは交換してある」

「なにからなにまでありがとう。手間かけさせちゃったね」

「なんのなんの。俺もおまえに会えて嬉しいからひと晩で帰すのは惜しくてさ。じゃ、また明日な。どこに行くかは起きてから考えよう」

「わかった。おやすみ、行成」

「おやすみ」

オレンジ色のやさしい明かりで満たされたゲストルームの扉を閉じて、行成の姿は消える。

向かいの部屋の扉がぱたんと閉じる音がした。

ちいさく息を吐いて、ベッドに腰掛ける。シーツから淡くいい香りがした。

人気モデル兼俳優にベッドメイキングしてもらうなんて。そう思うと恐れ多い。

――でも、親友なんだし。昔も、いまも。

八年経っていても互いにつかえることなく喋ることができた。

ただ、ひとつ引っかかっていることがある。

行成の八年間を聞き出そうとしたとき、彼はあからさまに話をはぐらかした。

モデルとしてスカウトされたことをいささか恥ずかしく感じているのだろうか。それとも、芸能人だから秘密事項も多いからとか。

宗吾にとって『祥一』にも興味はあるけれど、近づきたいのはやっぱり行成だ。

清潔な枕カバーを撫《な》で、そっとベッドに横たわった。目にやさしい明かりで照らされる室内はシンプルだ。

たぶん、ほんとうに客人が寝泊まりするだけのためだろう。

タオルケットをかぶり、目を瞑《つむ》って眠る態勢に入ったが、神経のどこかがぴりぴりしている。

それもそうだ。扉の向こうではあの行成が寝ているのだから。

八年越しに会った好きなひと。

最初こそは緊張もしたけれど、喋ってみれば一瞬に月日は吹き飛んだ。

――もっと。

ゲストルームに泊まらせてもらって、さらに欲が出てしまう。

もっと知りたい、もっと近づきたい。行成に。

曖昧になった八年間の空白を聞けるチャンスはあるのだろうか。彼がなにかを隠したいというのなら無理強いはしない。

過去を知らなくても、いまの彼を信じていれば一緒にいることはできるのだから。

――それでもやっぱり。

もし、聞けるものならと強欲な自分がいるのは否めない。

こういうのはチャンスを窺っても無駄だ。そのときはふっと思いがけずも訪れるものだ。

彼の口から語られることを期待して、タオルケットにくるまる。

心臓がまだごとごと言っている。一睡もできないのではないかと案じたが、アルコールと極度の緊張による疲れのせいで、枕に頭を着けた途端すうっと眠りに落ちた。

そして、夢を見た。

4

賑《にぎ》やかな昼休み。生徒たちが思い思いに、給食を手に席に着く。

このクラスでは昼食時、仲のいい友だちやグループで机を合わせていいことになっているので、そこかしこでガタガタと椅子を移動する音が聞こえていた。

窓際の席に座る宗吾《そうご》にその必要はない。

いつもひとりぼっちで食べていたから。

今日の給食はミートボールのクリームソースがけとサラダ、ひじきの五目煮、リンゴ、それに食パン二枚とパック牛乳だ。

五月。ゴールデンウィークも終わって日が経《た》つので、早くも生徒たちは夏休みの話で浮き立っている。どこに遊びに行こうかとか、花火大会は行くかとか、楽しげな計画があちこちで上がっている。

食パンにマーガリンを塗ってもそもそと食べた。とくに味はしない。美味《おい》しくもまずくもない。ただ空腹を満たすだけのものだ。

「ネクラはいいよなー、ひとり優雅に食べられてさ」

「夏休みの計画にもなにひとつ参加しねえみたいじゃん。お気軽で羨ましいぜ」

木内《きうち》一派のヤジが飛んできて、うつむく。

明らかに自分を嘲笑しているのだ。他の生徒は見て見ぬふりをしている。中には心配そうな顔でこちらを見ている生徒もいたが、下手に手を出して木内に目をつけられるのは嫌なのだろう。話しかけてくることはなかった。

食パンを一枚食べ終え、ミートボールを食べようとしたところだった。

「そのミートボール、結構美味《うま》いよな」

突然降ってきた声に「……え？」と顔を上げると、長身の男がそばに立っていた。

行成《ゆきなり》だった。

二年になってクラス替えしたときから一緒になった生徒で、偶然にも宗吾のうしろの席に座っている。彼の手にも給食の載ったトレイがあった。

「ひとりで食べてるのか」

「え、あ、……うん」

「みんなと食べないのか？」

「……俺と食べたがるひとは、いないから」

クラス中の視線が集まっている。

あの木内でさえ一目置いている行成が、一番目立たない、クラスの中では無色透明の宗吾に話しかけているのだ。

──俺、木内にいじめられているのに気にならないのか？

「ふうん。だったら俺と一緒に食べようぜ。ここは狭いから屋上に行かないか」

「屋上……？」

「そう、今日は天気もいいし。な？」

にこりと笑いながら顔をのぞき込んでくる同級生に思わずこくりと頷《うなず》いた。

その向こうで、木内たちが面白くなさそうな顔をしているが、存在感のある行成にはケチをつけられないらしい。ちっと舌打ちしている。

「行こうぜ、宗吾」

「う、うん」

いつの間にか名前呼びされていることにも胸が弾んだ。

トレイを持って教室を出る際、「ボディガードをつけていい気になるなよ」と木内の声が聞こえてきたが、なんとか素知らぬふりをした。

行成とふたりで階段を上り、屋上を目指す。

「扉、鍵かかってるんじゃないのか？」

「三日前、壊れてるのを見つけたんだ。まあ、数日すれば新しいのに替えられちゃうかもしれないけど、いまは開く。ほら、行こうぜ」

行成が扉を開けると、初夏の眩《まぶ》しい光が視界いっぱいに飛び込んできた。強い陽射《ひざ》し、爽やかな風。もやもやしていた胸が澄み渡っていくようで、深呼吸する。

どこで食べようかとふたりでうろつき、水槽タンクの陰にしようということになった。ここなら直射日光も当たらない。

「誰もいないね」

「ああ。みんな真面目に教室で食べてる。でも、たまにはエスケープしたくなるだろ？」

「うん……行成、ありがとう」

「礼を言われるほどじゃない。おまえと話してみたかったからさ」

「俺と？」

「司馬遼太郎《しばりようたろう》の本を読んでただろ。俺も好きなんだ」

「ほんと？」

「ほんと。同じ学年なのに渋い本読んでるなあと思って。小説好き？　俺は好き。日本の作家も海外の作家も。図書室の本はほとんど読みあさった」

「すごいね。うちの学校、結構蔵書があるのに」

「活字だったらなんでも読んじゃうたちなんだ。新聞でも雑誌でもペットボトルのラベルやマーガリンの成分も」

食パンに添えられたマーガリンの小袋をひらひらさせて行成が笑う。

「どうでもいいことばっか覚えるのが好きなんだよ、バターは八〇パーセント以上が乳脂肪分でできていて、マーガリンは大豆油やパーム油などの油脂。カロリーはそう違いがなくて、バターのほうがこっくりした味わい、マーガリンはあっさりめ。宗吾はどっちが好きなんだ？」

「バターかな。濃いめの味が好きだし」

「俺もバターが好き。でも学校で出るのはマーガリンのほうが多いよな。安いし。あ、ミートボール残すのか？」

「うん、もうお腹《なか》いっぱいで」

「じゃ、俺がもーらい」

フォークでミートボールを突き刺し、行成はひと口で頬張る。その満足そうな顔を見ていると、なんだか和む。

「行成って変わってるね。俺に話しかけるなんて」

「だって席も前後じゃん。いつも熱心に授業受けてるおまえの背中を見て、真面目だなーと感心してるんだよ。成績も学年トップだしさ」

「それぐらいしか取り柄がないから」

「それぐらい？　なに謙遜してんだ。おまえ結構可愛《かわい》い顔してるのに」

彼の指先が前髪をえり分け、眼鏡をひょいっと取り去る。

「お、眼鏡を取ると美少年ってマジだな。コンタクトにする気はないのか？」

「あ、合わないんだ、すぐに目がゴロゴロして」

どうしても声が上擦ってしまう。ぼやけた視界なのに、行成だけがくっきり際だって見えるようだった。それほどの存在感を放っていたのだ。

「理知的な眼鏡をかけた秀才。でもコミュ障で木内たちにいじめられてる。なんか心当たりはあるか？　あいつらの気分を害したとか」

しばし考え込んで首を横に振った。

「ない……と思う。あえて言うなら、俺のほうがテストの点数がいいから頭に来てるんだと思う。木内、一年のときは学年トップだったらしいしさ。……最近、あいつらの仕打ちが面倒だから、テストは真面目に受けなくなった。駄目だよな、俺」

「そんぐらいでつまんないいじめをするのか。なにされた？」

「鞄《かばん》や靴を隠されたり。無視されたり、聞こえよがしに悪口を言われたり。……まあ、気にしてないけどね」

精一杯強がったのだけれど、行成にはお見通しのようだ。頭をこつんとつつかれ、「無理すんな」と呟《つぶや》く。

「弾《はじ》き者にされるのってつらいだろ。自分は悪者でもなんでもないのに、木内みたいに厄介なボスにみんな従ってしまう。言うことを聞かなきゃ次は自分がいじめられるからな」

「だから、行成も用心したほうがいいよ。俺に関わってるとおまえにまで迷惑が……」

「大丈夫大丈夫。俺、ひと一倍鈍感だし、こう見えても喧嘩《けんか》にはわりと強いからさ。木内一派が襲いかかってきたとしても殴り倒せると思う」

「喧嘩はだめだぞ、絶対」

語調を強めて言うと、給食を食べ終えた行成は腹をさすりながらちいさく笑う。

「しないしない。ここぞってときにしか。なあ、いまさらだけど、俺と友だちにならないか?」

「行成と俺が……? で、でも、行成にはたくさんの友人が」

「司馬遼太郎やいろんな本の話ができるのはおまえだけなんだよ。今度、お勧めの本を貸し合おうぜ」

「うん……、しよう」

急な誘いに胸が熱くなり、ややもすると泣いてしまいそうだ。

いままで、ろくに友人が作れなかった。ただのクラスメイトとして話すことはあったけれど、趣味について話したり、こうして教室を抜け出す仲間はひとりもいなかった。

——行成。行成は特別。

その日を境に行成はたったひとりの親友となった。

運動神経のよさを買われてバスケ部に入っていた彼の部活動を見守り、一緒に帰ったり。テスト前には自分の家に泊まってもらって一緒に勉強したり。

　同年代の友人を連れてくることが一切なかったので、両親はおおいに喜んだ。しかも行成は礼儀正しく、母親の作る料理も「すごく美味しいです」と堪能《たんのう》していた。

『いつも宗吾君に勉強を教えてもらってるんですよ。彼、優秀だから』

『ほう、宗吾が。他人様の役に立てるのはいいことだぞ』

　父親もご満悦だった。過保護な両親なので、我が子を他人に褒められるのはひとしお嬉《うれ》しいのだろう。

　それを聞いていた宗吾はもじもじしていた。

　べつに、勉強の話ばかりしているわけじゃない。クラスに気になる子はいるかとか、最近のテレビドラマが面白かったとか、話題は尽きなかった。

　幼い頃から個室を与えられていたので、宗吾は行成を招いてなんの気兼ねもなく話すことができた。

　あの頃はほんとうに蜜月だった。

　ときどき行成が疲れた顔をしていたのが気にかかり、週末に「泊まってく?」と聞くと、「いいのか?」と手放しで喜んだ。

　そんな日は、両親の前では優等生の顔を見せ、宗吾の部屋に戻ると勉強をしつつもくだらない話に興じた。一緒に映画のＤＶＤを観《み》ることもあった。

行成はなんでも観たが、とりわけヒューマンドラマとアクションが好きなようだった。

親子の絆《きずな》や断絶を描いた堅実な作品を見つけだしてきて、「一緒に観よう」と誘ってきた。それらはハリウッド映画のような派手さはないけれど、家族ならではの愛憎を細かに描いた作品で、宗吾も引き込まれたものだ。

そんなふうにして親密になっていった。たいていは行成が宗吾の家に来ることが多く、彼の家は謎のままだった。

『たまには行成んちにも行ってみたいな』

『俺の部屋、めちゃくちゃに汚いんだよ。掃除しとくから、また今度』

そう言われてしまえば、うん、と言うしかなかった。

この頃には、もう行成が好きだと確信していた。

誰にも言えないけれど、ひとり胸で温めるならいいはずだ。行成は男女ともに人気があったから、いつ誰が彼女になってもおかしくなかった。

しかし、その行成は休み時間や放課後、長期の休みになると宗吾の元に来たのだ。

いつしかふたりは親友だとクラス内にも浸透し、木内たちのいじめも鳴りをひそめた。教師陣にも覚えのめでたい行成に手を出すのは得策じゃないと考えたのだろう。

だが、行成の目の届かないところだってある。

行成がバスケ部の合宿で不在のときや、事情があってひとりで帰るとき、決まって木内に靴を隠された。たいてい、洋式トイレの中に突っ込んであったり、泥が詰め込まれたりしていた。

こんなことを言うのはおかしいが、――子どもだなと思うようになっていた。行成という強い味方ができたからだ。

幼稚なやり方で追い詰めてくる木内が可哀想《かわいそう》に思えた。念には念を入れて、行成のロッカーに替えの綺麗《きれい》な靴を入れてもらっていたから、帰るのに困ることはなかった。

ロッカーの暗証番号を教えてくれるほど、ふたりは親しくなっていたのだ。

とはいうものの、行成がバスケ部の練習試合で関西や九州に行っている間はなかなかつらかった。

クラス中が木内に従って、宗吾を無視するのだ。先生からの連絡を伝えようとしてもそっぽを向かれるし、『なんで行成君、宗吾なんかとつき合ってるんだろうね～』『宗吾って暗くて重たいだけじゃん。行成はやさしいからさ、断れないんじゃないの？』と聞こえるように言われたりして、胃がキリキリした。

――行成はやさしいからさ、断れないんじゃないの？

そのひと言は胸に深く刺さった。

宗吾自身何度かそう考えたことがあったからだ。自分にとってはたったひとりの親友だけれど、行成にとってはそうではないのかもしれない。

たまたま正義心が働いて手助けしたところ、異様に懐かれて困っている――そんな可能性もあるのじゃないだろうか。

「俺、……迷惑になってない？　行成には友だちがたくさんいるんだからさ、無理しなくていいよ」

関西での練習試合から帰ってきた行成がお土産を持って家に来てくれた土曜日、自室でそんなことを口走った。

「迷惑？」

行成は虚を突かれたような顔で、お土産の入った紙袋を渡してきた。

「そんなふうには考えたことがなかった」

「ほんと？」

「うん、一度も」

即答されて、ほっと胸を撫《な》で下ろした。

行成の言葉は絶対だ。

「お土産、なに買ってきてくれたの」

「551の豚まん」

「あ、あれ美味しいって評判だよね。早速温めて食べようか」

「だな」

噂で聞いたことのある美味しい豚まんを食べてみたくて、「ちょっと待ってて。キッチンのレンジで温めてくる」と二階の自室からキッチンへと下りた。

ほどなくして熱々の豚まんを皿に載せて二階に戻ると、行成はいつものようにベッドに背を預け、フローリングの床に敷いたクッションに腰を下ろしていた。

「行成、豚まん」

「あ……ありがとう」

なにか考えごとをしていたのだろうか。

曇った表情のまま行成は豚まんをぼんやりぱくつき、「関西の練習試合はどうだった？」とか、「観光はできた？」とか聞いても、ぽつぽつと答えるのみだった。

「行成、疲れてるんじゃないか」

「ん？　ああ、うん、そうかもな。合宿、強行軍だったし」

「わざわざお土産持ってきてもらってごめん。それ食べたら、家に帰りなよ」

「うん……。ていうかさ、いま、うち、ごちゃごちゃしてるんだ」

「ごちゃごちゃ、って、どんな理由で？　また掃除してないとか」

「それはまあ、うん、そういう意味合いでもあるんだけど……なあ宗吾、もしよかったら今日、泊まらせてもらえないか」

「べつに俺はいいけど。でも合宿からそのままうちに直行してきたんだろ。おうちに一度帰らなくていいのか？」

「いいんだよ、べつにあんなうち」

ちいさく吐き捨てるように言う行成が、いつもの闊達《かったつ》な彼らしくない。

行成は家のことをほとんど話さない。

反抗期なのだろうか。

両親と折り合いが悪いのだろうか。

些細《ささい》なことにも揺れ動く年齢だったので、無理して彼の胸の裡《うち》を訊き出すのではなく、ただそばにいるだけでもいいんじゃないだろうかと考え、努めて明るく振る舞った。

「じゃ、夜は行成が好きなハンバーグにしてもらうよ。うちの母さんのハンバーグ、行成気に入っていたし」

「や、悪いから構わなくていいよ。寝泊まりさせてもらえるだけで充分」

「そんなこと言うなよ。試合、勝ったんだろ？　だからお祝い」

「……うん」

ようやく行成が微笑《ほほえ》んだことに安堵《あんど》し、テレビを点《つ》け、もう何度も一緒に観ているヒューマンドラマを流す。

幼い頃父親と生き別れになった十代の娘が孤軍奮闘しながらアメリカの広大な土地を、父を探して流浪していくというあらすじだ。

旅を続けていく中、娘はさまざまなひとと出会い、施しを受けたり、追い払われたりする。

十代の娘がひとりでさまよう姿に、つけ込もうとした者もいた。しかし、間一髪難を逃れ、這々《ほうほう》の体《てい》で逃げ出した彼女は、『もう自分しか信じない』と強く己に言い聞かせ、旅を続ける。

映画の中盤で、彼女は麻薬取引に巻き込まれる。幼い娘を使えば怪しまれずに、ブツと金の交換をさせられるだろうと企《たくら》んだ者が登場するのだ。

報酬は莫大《ばくだい》な金と安全なアパート。彼女はその企みに気づかず、親切なひとが面倒を見てくれたのだと感謝して、アパートで久しぶりの熱いシャワーを浴びながら幸福感に浸るのだが、世話をしてくれた女性の話を偶然立ち聞きしてしまう。

『あんな子どもだからなにをさせたって大丈夫よ。まずくなったら消せばいい。この国で行方不明になる子どもが年間何万人いると思ってるの？　彼女の替えならいくらでも利く』

そこで、初めて自分が悪事に利用されかけているのだと知った娘は、夜更け、荷物をまとめてアパートを飛び出す。

終盤は、なんとか探り当てた病院でいまにも息絶えそうな父親との再会だ。事業に失敗し、借金を重ねた末に家庭を捨て、彼もまた多くのひとと触れ合い、裏切りに遭い、果ては病魔に襲われ、行き倒れになっていたところを善良な一市民に救われて病院に運び込まれたのだった。

誰も信じない、他人の親切も嘘《うそ》だった。この父親だって私を見捨てた。

いまにも死にそうな男が娘の名を呼び、痩せ細った手で娘の頑丈でしっかりした若い手を握る。

『おまえを忘れたことは一度もなかった。愛してるんだ』

その言葉を残して、男は息を引き取る。夏の朝、気持ちのいい風が入る白い病室で。娘はかすかな笑みを浮かべている。

そこでエンドロール。

行成は娘の台詞《せりふ》を暗記できるぐらいこの映画をよく観ていた。派手な演出はないけれど、何度観てもラストはぐっと来る。

愛してたんだ、とは言わずに、愛してるんだという進行形の言葉が胸に染みた。

死にゆく者の言葉として娘を置き去りにするのではなく、互いの胸に愛を刻んで終わるというエンディングが宗吾も気に入っていた。

ふと気配を感じて振り向くと、行成はうっすらと涙を浮かべていた。

彼が泣くなんて。数え切れないぐらい観た映画なのに。

驚いたけれど、行成はぐっと堪《こら》え、涙をこぼすことはしなかった。

「……この映画、やっぱいいよな」

「うん。俺がもしこの娘の立場だったらってどの場面でも考えちゃう。自分しか信じないって誓うのに、ラストは父親とのかすかな和解が感じられていいよね」

「ん……」

その晩の行成は多くを語らず、夕食もそこそこに宗吾の両親に丁寧に礼を述べ、ベッドの脇に敷いた布団の中にもぐり込んでしまった。

どうしたんだろう。なにかあったんだろうか。

ただ合宿で疲れているだけならいいが――明日、起きたら、行成とどこかに出かけよう。気晴らしになるかもしれないから。


そこで、ふと目が覚めた。空気がわずかに動き、額にかかる髪をえり分ける指先の感触に気づいたのだ。

「……ゆきなり？」

薄暗い室内で、行成のシルエットしか見えない。意識の半分はまだ眠りの中にあり、舌がもつれてうまく言葉が出てこない。

「眠れない、のか……？」

「いや、おまえがちゃんと眠れてるかなと思ってさ」

八年前の夢を見てたよ。いまの行成は格好いい完成された男だけど、十五の頃はもっと幼かったんだな。お互い、まだ子どもだったんだな。

そう言ったつもりなのだが、眠気で口調がふにゃふにゃしてしまい、行成を苦笑させている。

「起こしてごめん。ゆっくり寝てくれ」

そう言って、行成は薄掛けからはみ出していた宗吾の手を軽く握る。

あの映画のラストシーンのように。

5

朝に弱いと言ったとおり、行成《ゆきなり》は十分置きに起こして三度目にしてようやく目覚めた。

「んー……まだ眠い……」

「もうそろそろ起きてもいいだろ。朝ごはん作るからさ」

「……メニュー、なに」

「チーズトーストと目玉焼き。それとトマトのサラダ。それとヨーグルト。足りない？」

「すぐ食べる」

学生時代から食欲旺盛な男だったなと吹き出し、盛大に寝癖がついた行成がサニタリールームに向かうのを見送り、宗吾《そうご》はキッチンに入る。

溶けるチーズを載せた厚切りのパンをトースターに入れ、ミニトマトのへたを取る。もし、行成が了承してくれたら、今日出かけるついでにまな板と包丁を買ってこよう。ヨーグルトは容器のまま出す。牛乳をグラスに注いだところで、やっとさっぱりした顔の行成がダイニングルームに姿を現した。

「おはよう、宗吾」

「おはよ、行成。ちょうどできたよ。座って」

「俺も手伝うよ。この皿運べばいい？」

とろりと蕩《とろ》けたチーズトースト、それに目玉焼きとミニトマトが載ったふたりぶんの皿を、行成がテーブルに運ぶ。その脇に牛乳のグラスを置いてやった。

「こんな美味そうな朝食を家で食べられるなんて初めてかも」

「大げさだよ。ただパンと卵を焼いただけだって」

「それがいいんだって。だいたい俺、朝はコーヒーだけか、現場で簡単にサンドイッチやおにぎりを食べるだけだもん」

「忙しいのはわかるけど、もうすこし身体《からだ》に気をつけなきゃ。たまには自炊したくない？」

「ぜーんぜん」

あんぐりと口を開けてトーストを囓《かじ》る行成が、「うっま」と顔をほころばせているのを見たら、たしなめるのはまあいいかという気分になる。それに、チーズが熱々のうちに食べたほうがいい。

「今日、どこ行く？　行成はどこ行きたい？」

「そうだなあ……ひと混みはちょっと避けたいかもな」

「芸能人だもんね。その髪目立つし、やっぱり庶民とはオーラが違うし」

「褒めてくれてるのか、それ？」

「褒めてる褒めてる。コンビニでだって目立ってた」

「んー、できるだけ普通に振る舞ってるんだけどな」

「姿勢がいいんだよ、行成は。だから自然とひとの目を引くんだよ」

「ふうん」

自分のことなのに他人事《ひとごと》のように聞いている行成にくすっと笑い、「じゃあさ」とミニトマトを咀嚼《そしゃく》する。

「空《す》いてそうな水族館か、映画館か、プラネタリウムなんていうのもいいかも。植物園とかも」

「久しぶりに映画館に行きたいかな。観たいプログラムがあるんだ。新宿《しんじゅく》のちいさな映画館でかかってるんだよ。宗吾、覚えてないか？　俺たちが昔よく観てたヒューマンドラマ。幼い少女が生き別れになった父親を探してアメリカ中を旅するやつ」

「覚えてる……！」

今朝起きたときにはもうほとんど忘れかけていたが、夢の中でもその映画を観た気がする。

「あれ、ずっとＤＶＤで観てただろ。いつかデカいスクリーンで観たいなと思ってたんだ。そしたら、期間限定で上映するってネットで見かけて」

「そうなんだ。観に行こう。俺もあの映画好き。そのあと、まな板と包丁も買っていい？」

「もしかして、また料理作ってくれんの」

「行成が嫌じゃなければ」

「これ以上に美味しい食事を食べさせてくれるならオーケー」

ぱちんと音を立てそうな見事なウインクに笑ってしまった。甘え方が上手だなと思う。そして、行成に甘えられることが嬉しい。

食後の皿洗いは行成が担ってくれたので、その間洗濯機を借り、コンビニの制服を洗わせてもらった。乾燥機能付きのバスルームに干しておけば、部屋に戻ってくる頃乾いているだろう。

髪はうしろで結わえ、黒のキャップ、グレイのパーカにジーンズというラフな格好をした行成が「行くか」と誘ってくる。自分は昨日と同じ格好だが、下着は替えたし、そう問題はないだろう。

「今日はマスクじゃないんだ」

サングラスをかける行成を見上げながら部屋を出る。

「目元のほくろでバレちゃうこともあるからな」

「それ、おまえのチャームポイントだよね」

「ほんとうはマスクも着ければ万全なんだけど、そうすると完全に不審者っぽくなるし。今日はキャップとサングラス」

言い合いながら部屋に鍵をかけ、マンションを出た。

四月の暖かな陽射しが心地好《よ》い。すっかり緑の葉になった桜を脇目に、最寄《もよ》り駅に向かって歩調をそろえる。

地下鉄を乗り継ぎ、新宿に着くと大勢のひとで賑わっていた。

「日曜の新宿なんて久しぶりだ」

「俺も。あ、宗吾、映画館こっち」

さりげなく肩を引き寄せられて胸がどきりとする。

昔から行成はボディタッチが多いほうだ。髪を触ったり、額をつついてきたり。

でも、いまのように肩を抱き寄せられたのは初めてで、心臓がうるさい。大きな手はすぐに離れたが、そこに消えない熱が宿ったようだ。

カフェや居酒屋が入る雑居ビルに挟まれる格好で、その映画館はあった。

「大人二枚でお願いします」

会計する行成に慌てて財布を出そうとしたら、ちょんと額をつつかれ、「朝食のお礼。食材も買ってくれたんだろ？」と言われた。

「俺が好きでやったことだし。払うよ」

「いいって、ほんと。俺の観たい映画につき合わせるんだし」

「俺も観たかったから嬉しい。……どうもありがとう」

チケットを係員に渡してシアターに入った。上映五分前だが、客席はがらがらだ。自由席とのことなので、スクリーン中央を陣取った。

「シネコンが主流だけど、こういう映画館も残ってほしいよな。最新作ばかり流すんじゃなくてさ、昔の名作をもう一度蘇《よみがえ》らせてくれるやつ」

「うん。いい映画って何年、何十年経ってもいいものだよね」

そんなことを言っていたら照明が落ち、上映が始まった。

昔、テレビで観た物語が大きなスクリーンに映し出される。

この映画を観るのも、八年ぶりということになるのだろうか。

派手な演出はないけれど、父を探し出そうとする少女の必死さが伝わってくる撮り方がいい。

風になびくブロンドヘアがいまの行成みたいだ。

麻薬取引に巻き込まれ、つかの間安全なアパートに住まうことになり、熱いシャワーを頭から浴びているシーンで、隣からちいさく鼻を啜《すす》る音が聞こえてきた。

そうっと、そうっと様子を窺《うかが》った。

ちょっとだけ、ほんのすこしだけ。

手すりに肘をついた行成の頬を涙が伝っていた。スクリーンからの光を受けて睫《まつげ》の先がきらきら輝いている。

行成の涙。

八年前はなんとか堪えていたけれど、しばらくぶりに観て感情が昂《たか》ぶったのだろう。

ひと一倍、感情移入するタイプだ。いまもきっと、さすらう少女に没入しているはずだ。

うっとりとしあわせそうな顔で熱いしぶきを受ける少女の横顔に、行成を重ね合わせてみる。単なる思い過ごしかもしれないけれど、この少女になんらかの感銘を受けて行成は髪色をアッシュブロンドにしたんじゃないだろうか。

住むところも家族も失った少女と、地位も未来も美貌も手に入れた行成が微妙にダブる。なぜなのだろう。なにもかも恵まれているように思えるのに、昔から行成にはうっすらと孤独感がつきまとっていた。

木内《きうち》のグループに馴染《なじ》もうとせず、クラスの中で浮いていた自分にわざわざ声をかけてきたぐらいの変わり者だ。

彼の家族についてもあまりよく知らない。父親は商社勤めで転勤族、母親は専業主婦だとしか聞いていない。その彼が、『あんなうち』と舌打ちしていた夜がふっと蘇る。今朝見た夢の名残だ。

うつろなものを抱え続けてきたのだろうか。

それを誰とも分かち合おうとせず、ただひとりぽつんと教室の隅っこで司馬遼太郎の小説をめくる自分にあえて声をかけてきた。

同じ本好き、それだけの理由で。

友だちになるのに条件は必要ない。

いまの自分ならはっきりそう言える。

コンビニ仲間のヨウをはじめ、社会に出てからは多くのひとびとと接してきた。生まれも育ちも、なんなら国も違うひとともに働き、言葉を交わす。

それは、宗吾に新しい可能性を教えてくれた。

とりわけ、あんなに頭のいいヨウがわざわざ日本に留学し、その後もコンビニ勤めで繊細な日本語を学ぼうとしている姿勢には頭が下がる。

しかし四角い箱の中に閉じ込められていた頃はあそこが世界のすべてだった。

クラスの空気をよくも悪くも変える木内というボスがいて、みんな、彼の機嫌ばかり窺っていた。

木内は成績もよく、学校近くに建つ大きな病院の跡取り息子だったからだ。同じ学校に通っている生徒なら、誰もが一度はかかる病院だ。生徒の家族だって。だからみんな、木内の機嫌だけは損ねないようにと努めていた。

木内病院に通う患者が家族にいるかもしれない。たちの悪い風邪を引いて通院を続けている者もいるかもしれない。長期入院をしている者だって、もしかしたらきっと。

それをものともしないのが行成だった。彼だけが木内なんかまるで目に入らないといった態度で授業を受け、休み時間になると宗吾に話しかけてきた。彼の楽しげな笑い声が教室に響くと、クラス中のほっとする空気が伝わってきたものだ。

──いいな。羨ましいよ。

──行成君とあんなふうに話せて。

そんな視線を感じ取り、宗吾はたまに居心地が悪かったのだけれど、思わず釣られて笑い出してしまうような行成の明るい声は救いのひとつだった。

あの声があったから、妥協と沈黙を重ねた鬱屈とした中学時代をなんとか乗り切れたのだ。

そのまま同じ高校、大学に通えればもっとよかったのだが。

でも、多くは求めまい。八年越しに再会できただけでも充分にしあわせだ。

静かに頰を拳で拭う行成に気づかぬふりをして、エンドロールまで観続けた。

場内が明るくなると、行成が深く息を吐く。

「……観てよかった。やっぱり好きだ、この映画」

「うん、俺も。……どこかでお茶でも飲もうか」

「そうしよう。あ、パンフ買って帰る」

「俺も買おうっと。記念に」

ふたりそろって売店でパンフレットを買い、ざわめきが待つ街に再び出た。

黒キャップを深くかぶり直し、サングラスをかける行成をあちこち連れ回すのも悪いので、百貨店で手頃なまな板と包丁を買い求め、さほど目立たない路地にあるカフェに入った。

大通りの喧噪《けんそう》から離れ、店奥のテーブルについた行成がほっと息をつく。

「なに飲む?」

「んー……そうだな。いい映画と再会できた喜びを祝ってビール……といきたいところだけど、まだ昼間だしな。ライムスカッシュが美味しそうだから俺はこれ」

「じゃあ、俺はアールグレイのアイスティー」

宗吾が手を挙げ、やってきたウエイターにライムスカッシュとアイスティーをオーダーした。ドリンクが運ばれてくるまで、冷たい水を飲みながらぱらぱらとパンフをめくる。

「この、すこし色褪《あ》せた映像がまたいいんだよな。柄にもなく感傷的になるっていうか」

「行成の気持ち、わかる。昔の映画ってさ、画質が粗いんだけど、そこがまたノスタルジーをかき立てるんだよね。古い本もそう。俺がよく読み直す司馬遼太郎の小説は父親から譲ってもらったから、表紙も中もセピア色なんだよね。背表紙もちょっと破けてるし。でも、長いこと俺の手の中にあるんだって思うと愛《いと》おしくなる」

「服もそんな感じか?」

「そうそう、わかってくれる? あー、行成を俺のお気に入りの古着屋さんに連れていきたいな。絶対に気に入る一着が見つかると思う」

「古着か……買うならスタジャンかな。いまあまり流行《はや》りじゃないから、これというものが見つからなくてさ」

「スタジャンならアメリカ製かイギリス製がいいと思う。今度行こうよ。時間は行成に合わせ

「るから」

「わかった。楽しみにしとく」

早くも次の約束ができたことで嬉しい。

「いつにする?」というところまでは踏み込まなかった。

彼は芸能人だ。不規則な時間帯で仕事が入ってくることもあるだろうし、自分のほうで合わせたほうがいい。

「そういえば、昔さ、俺がうちの近所の酒屋さんでビールを買おうとしてたこと、覚えてる？」

　ふたりぶんのドリンクが運ばれてきたところで、ふと訊《たず》ねてみた。

　そんなことあったっけ。

　そう言われるのを覚悟していたが、「覚えてる」とはっきりした声が返ってきた。

「酒屋の前でうろうろしてるおまえを見かけて変だなと思ったんだよ。あれ、木内の差し金だったんだよな」

「……うん、そう。あの頃の木内にはどうしても逆らえなくて。無視されるぐらいならべつに構わなかった。読書に思いきり没頭できるし。でも、靴に泥を詰め込まれたり鞄を隠されたりしたのは参ったな。……なあ、こういうのっていつになったら忘れられるのかな」

「一生忘れられない」

断罪するように低い声で言い切られたことに目を瞠《みは》った。

行成はライムスカッシュのストローをくるくる回している。

「……時間が経てばそりゃすこしずつ薄れていくものかもしれないけど、いじめられた側は一生そのことをこころに負っていく。一方、いじめた側はすっかり忘れる。木内はおまえだけじゃなくて他の奴《やつ》らのことも気まぐれにいじめてたからな」

「木内病院がバックにあったからね。みんな、声を上げようにも上げられなかったんだよ。でもちょっと意外だ。おまえだったら、『忘れられるよ』って言うのかと思った」

「意外だったか？」

ちょっと肩を竦《すく》めた行成が苦笑いする。そして深く息を吐き出した。

「ま、いろいろあったんだよ、俺にも」

「……それ、いつか聞かせてくれる？」

「楽しい話じゃないぞ」

「俺の暗い話を『どんなことでも』って聞いてくれたじゃないか。俺だって行成の話を聞きたいよ」

「そうだな……」

顎に指を当てた思案顔の行成の次の言葉を待っていたときだった。

テーブルに置いていたスマートフォンが振動する。電話がかかってきたようだ。液晶画面を見ると、「アパートの大家さん」と表示されている。

「ごめん、ちょっと電話出るね」

「ああ」

また話を聞きそこなったと胸の裡で舌打ちしながら、「もしもし？」と出ると、『あっ、天宮《あまみや》さん、繋《つな》がってよかった。何度もお電話したんですよ』と焦った声が返ってくる。

「ああ、すみません。映画を観ていたもので、電源をオフにしていたから。どうしたんですか？」

『じつは――アパートでボヤが出たんですよ。天宮さんちの隣の部屋から』

「え……」

『さっき鎮火して全焼は免れたんだけど、天宮さんの部屋もちょっと焼けてしまって。消火で水浸しになってしまったし。いますぐ戻ってこられますか？』

「戻ります。できるだけ早く帰ります」

『じゃ、お待ちしてますね』

電話を切ると、「どうした？」と行成が心配顔で訊《き》いてくる。電話をしている最中に顔が青ざめたのだろう。

「なにがあった」

「隣の部屋でボヤがあって、俺の部屋も被害があったみたいなんだ。ごめん、すぐに戻らなきや」

「俺も行く」

伝票を摑《つか》んで行成が立ち上がる。

「行成も？　でも、悪いよ。せっかくのオフなんだし」

「いいからいいから。どんな状態か、俺も確かめたい」

「わかった。……ありがとう」

正直なところ、一緒に来てくれることに安堵していた。

どれだけの被害を被《こうむ》ったかまだわからないが、行成がいればしっかり対応できる。そんな気がしたのだ。


アパートに着く前から薄い灰色の煙が流れ、焦げ臭い匂いがあたりに漂っていた。消防車が一台だけ残っており、消防員とアパートの住民が話し込んでいる。その中にアパートの大家の顔を見つけて駆け寄った。

「大家さん！　すみません、遅くなって」

「天宮さん、よかった。あなたの部屋はね、壁が焦げた程度ですんだんだけど、消火のために水浸しになってしまったんですよ」

　七十歳過ぎの大家が申し訳なさそうな顔をする。彼のせいではないのに。

「隣部屋の寝煙草《タバコ》が原因みたいで……不幸中の幸いで怪我人《けがにん》も出なくてすみましたが……ともかく、部屋の様子を見ていただけますか」

「わかりました」

　階段を上がって二階の自室へ向かうと焦げた匂いが一層強くなる。

　扉の鍵を開け、ドアノブを握る手のひらにびっしょり汗をかいていた。

「宗吾」

　背後から行成が肩に手を置く。

　その温かさに動揺をなんとかなだめ、ひとつ頷いて扉を開けた。

　部屋中、水浸しだった。床はぐっしょりで、天井からも水がぽたぽた垂れている。

「あーあ……」

　室内の惨状に思わずため息がこぼれた。

「こりゃひどいな」

　うしろから行成がのぞき込み、嘆息する。

「家具類は全滅かな……。クローゼットやタンス類にしまってある物は大丈夫かもしれないけど……電化製品も水かぶっちゃってる」

「やっぱりひどいですか」

大家が脇から気の毒そうに言い、中をさっと見渡す。

「ええ……でも、とりあえず怪我人も出なかったし、アパートも全焼しなかったのはよかったですよ」

「まあねえ。このアパートもそろそろ建て替えの時期かなあと思ってた矢先にこれですから、なんとも言えんですけど。火災保険に入ってますから賠償金は下りると思います。天宮さんところも契約していただいてますし、お金の補償はなんとか。……ひとまず、当面の間どうしますか。よかったらうちのほうで近所の空き部屋探しますけど」

「他にも物件持ってらっしゃるんですか?」

「ええ、二棟ほど。うち一棟はおととしできたばかりで、確か空き室が……」

「宗吾、俺のところに来い」

唐突に行成が言い出し、慌ててしまう。

「いや、そんな、やっかいにはなれないよ。だっておまえ」

芸能人だし。

ひと目があるから口には出さなかったけれど、彼だってプライバシーは守りたいだろう。多くの目にさらされる仕事だからこそ、ひとりきりになりたい城が必要なはずだ。

「俺のことは気にするな。昨日泊まってもらっただろ? それの延長線だと思えばいい。火災保険が下りるのだって時間がかかるだろうし、次の住み処が見つかるまでの部屋だと思ってくれれば」

「でも……」

　悪いよ、と言いかけたのを遮って、行成が力強く肩を叩《たた》く。

「湿った衣類を持って新しいアパートに行くのも大変だろう。生活用品だって揃《そろ》ってないんだし。だったらうちに来たほうがいい。俺もおまえがいるのは楽しいし、ありがたいからさ。美味いメシ、作ってもらえるし」

　重い空気を吹き飛ばすように行成がウインクしたことで、大家が、「そうなさったほうがいいかもしれませんね」と安堵した面持ちで言う。

「一時的にお友だちのところに身を寄せたほうが私としても安心しますし。こまめに連絡入れますから、その線でどうでしょう」

「行成……ほんとうにいいのか？」

「いいよ。おまえなら。そうと決まったら持っていける物をすこしだけでも持ち出そう。あと、重要な通帳とか印鑑とか。病院に通ってるなら診察券なんかも」

「……わかった。恩に着るよ。ほんとうにありがとう、行成」

「美味い夕ごはん三回でチャラだ」

「安すぎる」

彼の軽口に乗せられて、ほんのすこしだけ気が楽になった。

よし、と自分にハッパをかけ、宗吾は靴と靴下を脱いでぐじゅぐじゅの室内に上がった。

「手伝うよ」

行成もジーンズの裾をまくり上げ、腕まくりする。

突然の災難をものともせず、きびきびと動く行成の姿に、――こんなときでもすごく格好いいよ、行成は、なんてことを考えていた。

6

　奇妙な形で始まった行成《ゆきなり》との同居の件を職場で最初に話したのは親しい間柄のヨウだ。

　行成のところに住み始めて二週間が過ぎたあたり、両親にも電話で事情を話し、ようやく気持ちが落ち着いた。

　午後のけだるい時間が流れる中、店には客がひとりもいなかったので、レジ台をふたりして拭きながらボヤの一件を打ち明けた。

「ほんと？　アパートがボヤ？　それは大変だったね、僕にできること、なにかある？」

「いまのところは大丈夫。ありがとう、ヨウさん。ひとまず友だちのところに身を寄せることになったんだ」

「友だち……あ、もしかしてあのアッシュブロンドのひとかな」

「鋭い。そう、あいつ、俺の中学時代の同級生なんだ」

「へえ、そうだったんだ。偶然の再会ってあるもんだね。友情は大事だよ」

「ヨウさんにもそういうひといる？」

「いるよ。台湾《タイワン》にもいるけど、日本に来てからも大勢の親切なひとに出会った。天宮《あまみや》君もそのひとり。君は僕の大事な友人だよ」

「照れるけど、嬉しい……そういうふうに言ってもらえて。俺、いまでこそこんなふうに普通に働いてるけど、前の職場や学生時代は浮いてたから」

「天宮君が？　とてもいい子なのに」

温かな声に微笑み、「中学のときね」と小声で話す。

「俺、いじめられてたんだよ。暴力は振るわれなかったけど、無視されたり、持ち物を隠されたり。そんなときに、あいつだけが俺に話しかけてくれたんだ。同じ本が好きだからって」

「ほんとうにいいひとに出会えたんだね」

ヨウが目を細め、嬉しそうに顔をほころばせる。

「うん、俺にとっては恩人。あいつがいなかったら正直どうしてたかわからない。誰にも相談できなかったし、つらいっていうより……寂しかった。みんな、楽しそうに話してるのにさ、俺にはそういうひとがひとりもいなかったんだ」

「君が目をつけられた理由はなに？」

「たぶん、なんだけど、クラスのボスよりもちょっと成績がよかったから」

「幼稚な奴だったんだね、そのひとは。僕にも……」

言いかけたところで、親子連れの客が入ってきた。中学生ぐらいの女の子とその母親らしきひとは飲み物と弁当をかごに入れ、ヨウに差し出す。

「ありがとうございます。温めますか、お箸つけますか？」

不意に女の子が含み笑いし、隣の母親に目配せする。母親もくすりと笑っていた。

些細なことかもしれないけれど、なにか嫌なものを感じてヨウを見たが、彼はいつもどおりの笑顔だ。

会計を終え、ふたりが出ていく際、澄んだ声が聞こえてきた。

「あのレジのひと、話し方変だったー。アタタメマスカ、オハシツケマスカ、だって」

「ねえ、もっとちゃんと喋《しゃべ》ってほしいわよね。まあ外国人みたいだからしょうがないのかも」

五月の風に乗って棘《とげ》のある声が消えていく。

内心焦り、隣に立つ同僚にどう声をかけるべきか迷ってしまう。しかし、ヨウは涼しい顔だ。

「ああいうひとはどこにでもいるよ。日本に来てほんとうに楽しいこともたくさんあったけど、そのぶん嫌な思いもした」

「ヨウさん……」

「外国人が自分の身近なところにいることが受け入れられないひとって、結構多いんだよ。僕はアジア出身だからまだ嘲笑されることも軽いほうだけど、他の国のひとははっきりとした差別を受ける場面がある。肌の色が違うっていうだけでもね」

「……多様性の時代なのに。あの子、まだ若かったのに」

「自分と違う他人を認めない——それは、昔の君をいじめた奴にも通じるものがあるかもしれないね。自分の物差しでしか測れないひとを僕は軽蔑するよ」

　穏やかだが、きっぱりした声が胸に響く。

「差別っていうのはね、ひとのこころを速やかに冒す毒みたいなものなんだ。育ってきた環境、さっきのような親の教育方法、歴史を学ぶうえでの偏見や誤解。無知であることも多いかな。知らないからこそ、脅威を感じて差別に転じるんだよ」

「……ヨウさんみたいないいひとでもそんなことがあったんだ」

「僕だって善人というわけじゃないよ。ただ、差別はしないと決めている。どんな国に生まれようとも生きていく権利はみんな平等だからね。とくに日本は豊かで、高度な技術を保持している。それを学ぶため諸外国から大勢のひとが集まってくる。だけど、煌《きら》めきのうしろには闇がある。それを忘れちゃだめだよ、天宮君」

　にっこりするヨウに、「どうしてコンビニに勤めてるの？」と訊いてみた。

「日本の大学もいい成績で卒業したんでしょう？　もっといい職があると思うんだけど」

「お誘いはいろいろあったんだけど、僕は社会学を学んできたから、ごく平凡な日常に住むひとの心理をもっと理解したいんだよね。日本人にとってコンビニのバイトは軽視される傾向にあるけれど、外国人バイトはじつは国に帰ればエリートと称されるひとが多いんだ。何か国語も操れるし、煩雑な作業を瞬時に片付けられる。僕も日本語の奥深さをもっと学んで、いずれ台湾で有能なガイドになるつもりだしね」

　胸を反らすヨウに微笑み、「ヨウさんだったら絶対に人気ガイドになると思う」と言った。

「話し上手だしいつも明るいし、やさしいし」

「そう、だからあんな差別には絶対に負けない。やさしいということは強さの証《あかし》でもあるから」

「……そうだね。ほんとうにそうだね」

「そういう天宮君はこのままずっとコンビニ勤め？」

「うーん、いまのところはもうすこし。……じつはね。古着屋さんに勤めたいんだ。下北沢《しもきたざわ》に好きな店があって。ただそこ、いまはスタッフの募集をかけてないんだよ」

「古着屋さんだったら他にもたくさんあるけど、そこがいいの？」

「今度は妥協したくないんだ。俺、いままでずっと流されっぱなしだったから」

「縁があるといいね。天宮君なら大丈夫」

　何度も頷き、彼の言葉をこころに刻みながらその日の仕事を終えた。

「ただいまー……」

　返事はない。

　行成は外出中だろうかとリビングに入ってみると、ソファに腰掛け、ノイズキャンセリングのヘッドホンをはめ、台本をめくっているところだった。

真剣な横顔に声をかけるのはためらわれたので、足音をひそめて自室に戻り、グレイのルームウェアに着替える。それからサニタリールームをのぞき、まず行成の衣類を洗濯機に入れてスイッチを押した。

同居するにあたって、宗吾《そうご》と行成はいくつかルールを設けた。

ほぼ身ひとつで行成の家にやっかいになるので、家事は任せてほしいと申し出た。それから、朝早い仕事の日は彼を起こすこと。

逆に、宗吾が仕事で疲れて帰ってきた日は互いに外食ですませること。

「助かる」

ほっとした顔の行成を思い出し、くすりと笑う。

行成は見た目も性格もいいが、生活能力が欠けていた。

洗濯をするだけでも、色物と白物をごっちゃにし、ホワイトジーンズに色移りしたことが何度もあるという。

静音タイプの洗濯機だから、行成の邪魔にはならないだろう。自分のぶんの洗濯は行成のあとだ。

それからキッチンに行き、香りのいいカモミールのハーブティーを淹《い》れる。集中している行成への差し入れだ。

香りに気づいたのだろう。行成がふっと顔を上げてヘッドホンを外し、「おかえり」と笑い

かけてきた。

「ごめん、気づかなかった」

「ううん、邪魔しちゃ悪いと思ったから。休憩する？　ハーブティー淹れたよ」

「もらうよ。いい香りだ」

台本をぱたんと閉じた行成の隣に、自分のカップを持って宗吾も腰掛ける。

「なんの台本？　ドラマ？」

「そう。二時間ドラマのオーディション。脇役なんだけど、今度は主役の仕事ができる上司を裏切る部下なんだ。従順なふりをして巧みに罠《わな》を張り、上司を追い詰めていく。ま、最後はすべてがバレて俺がクビになるんだけどね。……なかなか難しい。前はラブコメで結構はっちゃけたけど、今度は知的な役柄だから。俺が受かるかどうか」

「行成ならできるよ。さっきだって俺がリビングに入っても台本に没頭していた。その集中力を生かせば、完璧な裏切り役になれるよ」

「騙《だま》すより騙されるほうが気が楽なんだけどな。っと、そうだ。来月最初の金曜、宗吾空いてるか？　一緒に行ってほしいところがあるんだけど」

「どこ？」

「湘南《しょうなん》海岸」

髪をかき上げ、行成はカメラを構える振りをする。

「ファン向けの動画を撮りたいんだ。いままで事務所のひとに手伝ってもらってたけど、その日は都合がつかないんだよ。だから、もしよかったらおまえに協力してもらえないかなと思って」

「もちろん喜んで。来月のシフトはこれから出すからその日は休みにしてもらう。お供するよ。ていうか、いまさらな疑問なんだけど、行成にマネージャーってついてないの？」

「俺はまだ駆け出しだから。一応事務所にはマネージャーがいるけど、自分でこなせる現場はひとりで回してる。うちはちいさい事務所だからな」

「確か、七人……だっけ、『ウィナー』のお抱えタレントさん」

「社長は少数精鋭だって胸張ってるけど、いつも綱渡りだよ。ＣＭ撮れるようなスターはまだいない。でも、実力派揃いなのは確か」

「いつか行成がＣＭに出てよ」

「そうだな、いつか」

ハーブティーを美味しそうに啜りながら行成が頷く。そんな姿が頼もしい。

「ＣＭに出られるぐらいになったら……俺の中でも一区切りつく」

「なんの区切り」

「いまはまだ内緒」

楽しげに言うけれど、行成には昔から秘密が多い。

家庭事情も、離れていた八年間の出来事も、明かされていないことがいくつもある。

それでも一緒にいられるのは、信じているからだ。

「俺さ、中学時代に行成に声をかけてもらえてなかったら、いま頃どうしてたかわからない」

「お、いきなりセンチメンタルか？」

「からかうな。ほんとうのことだし。行成だけが友だちだったし、唯一信じられた。だからその後の高校も大学もなんとか無難に過ごせたんだよ。今回の居候の件だってそうだけど、行成は俺の恩人なんだ」

熱っぽく言ってから行成を見ると、行成は曖昧な笑みを浮かべている。

「そんなに……たいしたことしたわけじゃない。ただ、同じ本が好きな奴を見つけて嬉しかったから声をかけたんだし。俺はそのあと……」

ふつりと言葉を切って行成は遠くを見るような目つきをする。

「……おまえと離れていた間の俺は、けっして自慢できるような奴じゃなかったよ」

「なんでそんなこと言うんだ。過去になにかあったのか？」

「過去、か。過去ってさ、確かに俺が通り過ぎてきた時間かもしれないけれど、いまもまだ続いているものがあるんだ」

あやふやな言葉の意図を掴みきれず、どう答えればいいかわからない。

「それは、いまの俺には言えない話？」

「……いつか、言いたい話」

先ほどCMの話をしていたときの「いつか」とはニュアンスが異なり、行成自身が迷っていることが窺える語調だ。

だから宗吾はハーブティーをゆっくり飲み干し、「待つよ、いつまでも」と返した。

「行成が話したくなったら聞かせてほしい。それよりお腹減っただろ。今夜は豚の生姜《しょうが》焼き。食べる？」

「食べる。ごはん大盛りで」

深く頷く彼に微笑み、宗吾は「了解」と笑ってキッチンに向かった。

7

「うっわ、まぶし。日焼けしそうだな」

「行成《ゆきなり》、日焼け止め日焼け止め。おまえ芸能人なんだから」

梅雨の晴れ間、湘南《しょうなん》海岸はひと足早く夏を味わおうとひとびとが集まり、賑《にぎ》わっていた。

ぎらつく太陽はもう夏そのものだ。

水着を着た男女が砂浜でたわむれ、ちいさな子どもが砂のお城を作っている。サーファーたちもゆったりと波乗りを楽しんでいた。

そんな中、キャップをかぶった宗吾《そうご》と行成はカメラ機材が入ったリュックを砂浜に下ろし、撮影にベストなポイントはどこかと探す。

浜辺歩きが趣味だという行成は、今日ここでファン向けの動画を撮る予定だ。

ビデオを回すのは宗吾。

この日のためにビデオ撮影の練習を繰り返した。

表には出さないけれど、家でくつろぐ行成をさまざまなアングルから撮った。最初は焦点が合わなかったり、ブレたりと散々だったが、練習を重ねるうちに自分でも行成のよさを伝えるいいアングルを見つけ、すこしだけ自信がついた。

いよいよ今日が本番だ。

「緊張しなくていいよ。事務所のサイトで公開するオフショットみたいなものだから、多少ブレたりボケたりするのも愛嬌《あいきょう》」

「格好いい行成を撮るよ」

「俺、格好いい？」

おどけたように行成がくるっとターンする。

白いTシャツにハーフパンツというなんでもない格好なのに、行成は誰よりも目を惹《ひ》く。キャップとサングラスを着けているけれど、通り過ぎるひとがちらちらとこちらを窺《うかが》うのがわかる。

「いまは一般人の動画配信も流行《はや》ってるから、今日の俺もそんな感じで。気取らずに、いつもの『祥一《しょういち》』を映してくれればいい。周囲の目は気にするな」

「おまえが言うか」

カメラマンのこっちが緊張してしまう。

「あれ誰？　モデル？」

「動画の配信者じゃないの。でもめちゃくちゃ格好いい」

「ね！　足ながーい」

若い女性たちが姿勢のいい行成に目を留めてはしゃいでいる。

「ここ、ちょっと目立つな。もうすこしあっちの端に行こう」

「ん」

再びリュックを背負って砂浜をさくさく歩き、人気《ひとけ》のすくないあたりにやってきた。一番賑わう海辺の真ん中を外れてしまえば波も穏やかで、砂浜につく足跡もわずかだ。

まだ海の家はどこも開いていない。一軒だけぽつんと離れたところにある寂れた海の家の前で荷物を開いた。

ここなら、行成も普段どおりの顔で歩けるだろう。

レジャーシートを敷いて四隅にリュックや靴を置き、宗吾も行成もビーチサンダルに履き替える。ビデオカメラを取り出してレンズを調整し、ひとまず爽やかな光が照らす海を撮ってみた。

レンズの向こうに、ひょいっと行成が映り込んでくる。キャップを脱ぎ、サングラスも外している。

黙っていればすこし冷たい感じがする美貌なのに、ちいさく微笑《ほほえ》むだけでとてもチャーミングだ。

「こんにちは、祥一です。今日は湘南海岸に来ました。夏本番はもうすこし先だけど、気持ちのいい風が吹いています」

ゆっくりと歩き出す行成を追うようにカメラを構える。

練習がてら室内で何度も丸いレンズ越しに行成を見てきたけれども、今日が一番格好いい。

潮風になびくアッシュブロンドの髪はさらさらしていて、思わず手を伸ばしたくなるほどだ。

正面からはもちろんだが、行成の横顔はとりわけ美しい。

男っぽさと華やかさを兼ね備えた男がこちらを振り向けば、金色の髪が頬を撫《な》で、左目下のほくろを際立たせる。

「あー、俺もサーフィンしてみたいな。まだやったことがないんですよね。でも、泳ぐのは得意です。一番好きなのはやっぱりクロールかな。普段、体力作りのためにプールに行くこともあるけど、海で思いきり泳ぐのも気持ちよさそうですよね」

レンズのこちらに向かって行成がとびきりの笑顔を見せる。ファンならばひと目で恋に落ちてしまいそうな、夏の笑顔だ。

――俺だって。俺だって、恋してる。ずっとおまえだけに。

ファンには申し訳ないが、いまこのときだけ、『祥二』は自分のものだ。独り占めしているという優越感と至福感が相まって、もっといいショットを撮りたくなる。

最近見たドラマ、読んだ本についてつれづれ話しながら行成は砂浜を歩き、ふと立ち止まったかと思ったらぴょこんとしゃがみ込んで砂の城を作り出す。

ている。


「ここ、砂がさらさらしてるからお城が作りにくいな。もっと水を足さないとだめだよね」

砕けた口調も、ファンにとっては嬉《うれ》しいだろう。

自分ひとりだけに語りかけてくれているような感覚を、行成――『祥一』はきちんと熟知している。

やっぱり芸能人は違うと内心感心する。自分の見せ方をこころ得ているのだ。

ふっと行成が海のほうへ視線を向ける。その綺麗《きれい》な背中を撮りながら――大丈夫、大丈夫だよ、おまえなら、と胸の中で語りかけた。

彼にはいま、気がかりなことがあるのだ。先月台本を読み込んでいた役のオーディション結果が今日明日にも出るとのことだった。

行成は台本を日々読み込み、宗吾を相手に本読みすることもあった。

熱心に演技にのめり込む行成の姿を目の当たりにするのは初めてで、圧倒された。台詞《せりふ》の抑揚のつけ方、仕草、さまざまに変わる表情を間近で見て、自分の拙い相手役が申し訳なくなったぐらいだ。

目立つ容姿だからモデルとしてスカウトされたのは当然だろうけれど、彼にはやはり役者になりたいという夢があったのではないだろうか。

そうでなければ、あんなに熱を込めて演じることはないはずだ。以前見せてもらったラブコメのドラマよりもぐっとシリアスな話に仕上がっているようで、最終的に上司を裏切り、高笑するという場面に行成は苦心していた。

オーディションが行われた日の夜は食事もすくなめで、早めにベッドに入ったぐらいだ。

あの日から二週間近く経《た》つ。

いまにも合否の連絡が来そうで宗吾もそわそわしてしまう。

「よし、このへんでお弁当を食べようか。俺、料理が下手なんだけど、おにぎりと卵焼きを作ってきたんだ」

撮影が続く中、行成は砂浜に座ってバンダナに包んだ弁当箱を開け、大きめのおにぎりにかぶりつく。続いてすこし焦げた卵焼きも。

今朝、早起きして宗吾が横でアドバイスしながら実際に行成が作った弁当だ。

「ん、うまい。俺、もしかして料理の才能あるかも。と言っても卵焼きも焦がしちゃうけど」

くすくす笑いながら楽しげに弁当を平らげていく彼をアップで撮り、その後は潮風に吹かれながら読書する行成を撮って、「今日はここまで。またぜひ見てくださいね」という挨拶とともに撮影は終わった。

「お疲れさま、行成」

「おう、宗吾もありがとう。疲れただろ」

「ぜんぜん。行成が格好よすぎてどのアングルから撮るのがベストか悩みまくった。もっと練習しないとな。うまく撮れてるといいんだけど」

「大丈夫大丈夫。編集は事務所にやってもらうから」

ふたりしてシートに腰を下ろす。行成はビデオの映像を確かめ、宗吾は遅れて弁当を食べ始めた。行成と同じ、おにぎりと卵焼きというメニューだ。

なんてことはない、塩で握って海苔《のり》を巻いただけのおにぎりがやけに美味《おい》しい。

見上げた空は真っ青。目の前にはどこまでも続く海。

「気持ちいいなぁ……昼寝したくなる」

「ちょっと昼寝すれば？　その間俺はビデオチェックしてるから」

「うん、そうしようかな……」

ごろりとシートに寝転び、キャップを顔に乗せて陽射《ひざ》しを遮る。

手足に当たる陽が熱い。あとで日焼け止めを塗り直したほうがよさそうだ。

五分ほどうとうとしていた頃だろうか。かたわらの行成のスマホが鳴り出す。

「もしもし、行成です。……あ、はい。はい」

声が真剣なものに変わったことに気づいて顔を覆っていたキャップを取りのける。見上げた行成の横顔は険しい。

「……はい、そうですね。とても残念ですが……またの機会にぜひよろしくお願いします」

通話を切った行成がうしろ手をついて青空を見上げ、「あーあ……」とため息をつく。

「どうした？」

「落ちた」

「もしかして……オーディション？」

「そう」

ぱたんと寝転ぶ行成が二の腕で目元を覆い隠す。

「俺なりに頑張ったんだけどな……」

「……落ちた理由、訊《き》いた？」

「上司を騙《だま》す演技が浅いってさ。もっと冷酷になりきってほしかったって」

いつか彼が言っていた。騙すより騙されるほうが楽なんだけどな、と。

「行成はいい奴《やつ》だから……そこがどうしても演技に出てしまったのかもしれないね」

「そうだとすれば役者失格だ。仮面をかぶれないんだから」

撮影を終えたあとともあって、行成の声は疲れ、掠《かす》れている。

よほどショックなのだろう。

だけどこうしたときに無駄に励ましても余計に傷口を広げるだけだ。

ただ黙って隣に寝転び、同じ空を見上げた。

「思うようにはならないもんだなあ……難しい」

「……そうだね」

声に悔しさが混じっている。前回好評を博したラブコメとは真逆な役柄だったから、行成としても挑戦してみたかったのだろう。

そのまましばしぼんやりとしていた。夏の陽はまだ高い。

早めに帰って、行成を休ませようか。それとも、帰りがけにどこかに寄って呑《の》んでいくか。

「行成、仕事はもう終わったし、どこかで呑む？」

「そうだな……宗吾、明日の予定は？」

「明日も一応休みにしておいた。もっと撮影に時間かかるかなと思ってたからさ」

「だったら」

行成が身体《からだ》を起こし、振り向く。

「近くのホテルに一泊しようぜ。そこでゆっくり呑もう」

「え、泊まるの？」

「……急に現実に戻りたくない感じ」

彼の言うことがわからないでもなかったから、「わかった。いいよ」と頷《うなず》く。

「どこに泊まろうか」

「俺に任せて」

行成がスマートフォンで検索し、「ここにする」とリゾートホテルの画面を見せてきた。

「ツインでいいよな」

「うん」

同居しているのだからなんら問題ないはずなのだが、同じ部屋で眠るのだと考えるとやけにドキドキする。

「二時からチェックインできるみたいだから、もう行こう」

「もう？」

「浴びるほど呑みたい」

掠れた声のままの行成に従って、宗吾は荷物をまとめ始めた。


連れていかれたのは、思いがけずも立派なリゾートホテルだ。

湘南海岸を一望できる部屋を取った行成は室内に入ってソファの隅にリュックを置くなり、「ルームサービスを取ろう」と言い出す。

「レストランもあるみたいだよ。フレンチとイタリアン、中華」

「部屋でおまえとゆっくり呑みたい。料理もすこし頼もう」

ひと目を避けたいのだろうと考え、ルームサービスの冊子をめくる。

チーズとソーセージの盛り合わせに、ビールを注文した。

もっと強い酒が欲しくなったら、備え付けの冷蔵庫にワインやバーボンが入っているから、それを吞めばいい。

すこししてからルームサービスが運ばれてきて、ホテルマンの手によってテーブルがセッティングされていく。

窓際に据えられたテーブルに向かい合わせに座り、よく冷えたビールをグラスに注ぎ合う。

「乾杯、それからお疲れさま」

「宗吾もお疲れ」

グラスの縁を触れ合わせるなり、行成はぐっとビールを飲み干す。

あっという間にグラスを空にした彼にお代わりを注ぎ、チーズをつまむ。

「ん、このブルーチーズ美味しい。クネッケに載せると美味しいよ」

「じゃ、俺はソーセージを食べるか」

こんがりと美味しそうなソーセージをぱくつく行成はビールを吞み続け、宗吾も釣られていたらまたたく間に一本空いた。

「ぜんぜん酔えない。ワインでも吞もう」

行成が立ち上がり、冷蔵庫から赤ワインのハーフボトルとグラスを運んでくる。

勢いよくグラスの半分ほど注いで口をつける行成はまったく顔色を変えず、黙々とチーズを食べている。

宗吾もワインをすこしずつ吞んでいた。調子に乗ると悪酔いしそうだ。

「っはー……ちょっと落ち着いた……」

椅子に深く背を預ける宗吾が窓越しに広がる海を見つめる。

きらきらした海で遊ぶひとはまだ多い。サーファーたちが沖に向かっていくのが見えた。

音楽もテレビも点《つ》けず、静かな室内でふたりきり差しつ差されつ。

そのうちワイングラスを持った行成がソファに移動したので、宗吾も隣に腰掛ける。

ここからでも、陽に照らされる海が見えた。

「こういうのもたまにはいいね。昼日中からお酒を呑んでのんびりするのも」

「まあな」

ワイングラスを揺らす行成は深く腰掛け、「なあ」と呟《つぶや》く。

「ちょっと暗い話してもいいか？」

以前、宗吾が言ったのと同じ台詞に、「うん」と頷く。

「俺が役者になった動機っていうのがさ……いろんな仮面をかぶってみたかったからなんだ」

「仮面……」

「自分じゃない誰かになりきって、役にのめり込み、違う人生を生きる。そうすれば、過去の出来事が薄れると思ってるんだ」

「行成、なにがあったんだ……？」

「いろいろ……いろいろあった。順序よく話そうか。時を遡って八年前。俺と宗吾は中学時代親友だった。あの頃俺はいつもピリピリしていた。うち、両親が長いこと揉《も》めててさ」

「ご両親が……」

「父親が仕事に没頭しすぎてめったに家に帰ってこなかったことに母親は苛立《いらだ》ってたんだ。浮気してるんじゃないかって疑心暗鬼にもなってて。そこへ父親のアメリカ転勤が決まって離婚話が勃発。ふたりはほとんど話し合わずに別れて、俺は母親に引き取られた。それで高校入学をきっかけに都内の母親の実家に引っ越したんだ」

「そうだった、んだ……知らなかった」

「あの頃は学校が逃げ場だったな。宗吾がいたし、楽しかったよ」

赤い液体をすこし口に含み、行成は長い足を組む。腕をソファの縁に乗せ、瞼《まぶた》を伏せた。

「……中学時代から俺は仮面をかぶっていたと思う。学校では頼れる優等生、家では両親のしつこい喧嘩《けんか》から逃れるために自室に閉じ籠もってた。ふたりの気を立たせないように余計な口を挟まないで、ただただ早くここから逃げ出したいと考えていた」

「そんなこと、思いも寄らなかった。……ああ、でもだからおまえ、家に俺を呼ばなかったんだな」

「そう、母親は癇性《かんしょう》でなにがきっかけでヒステリーを起こすかわからなかったから。でも、父親はもっと尊敬できなかった。確かに俺たちを養ってくれたけど、家そのものに愛情を寄せていなかったと思う。仕事一辺倒だったからな。帰りはいつも午前様だし、早朝には仕事に行ってしまう。たまの休みの日でも家で仕事しているか、上司のゴルフにつき合うとかでさ、家族の団らんなんて無縁だった」

寂しかったよ。

ぽつりとした声が胸に染みる。

あの頃の明るい行成にそんな背景があったなんて想像もしてなかった。

ただ、いつも宗吾の家に来たがったことや、自分の家を「あんなうち」と吐き捨てたことはよく覚えていた。

揺らぎの多い中学時代に家が荒れていたら、身の置き場がなかっただろう。

両親のどちらにも頼れず、行成は孤独だった。

一方、宗吾は両親が過保護気味だったけれども、自宅は安心な場所だった。むしろ、学校での居場所がなかった。

行成に声をかけられるまでは。

出会うべくして出会ったのだ。

違う場所でひとりきりの寂しさを抱えていた自分と行成は、楽しい話ができて、なんの疑いもなく笑い合える友だちを欲していた。

「まあそういうわけで母親の実家に身を寄せたのをきっかけに俺もいろいろ混乱して、スマートフォンの電話番号もＬＩＮＥのアカウントも変えた。新しい生活に馴染《なじ》もうって精一杯だった。祖母がこれまた厳しいひとでさ。母親より俺に干渉してきて、服装、成績、箸の上げ下ろしにまでいちいち口を挟んできた。俺が行った高校もそこその進学校だったから、テストがよくあった。その点数をチェックするのは母親じゃなくて祖母なんだ。『百点取らなきゃ意味ないでしょう』とか、『そんな派手な格好はよしなさい、恥ずかしい』って毎日毎日小言を聞かされてうんざりしてた。どれだけおまえに会いたかったか……。それで俺はまた仮面をかぶり、学校に居場所を見つけようとした。でも、それが失敗だったんだ」

「どういうこと?」

「俺のクラスに、木内《きうち》みたいなボスがいたんだ。そいつに俺は目をつけられた」

うつむいたせいでさらさらした髪が顔にかかり、行成の表情が窺えない。

「明るく頼もしい仮面をつけて俺は学校に通っていた。その頃俺は祖母の言いつけに従って必死に勉強していたから、学年トップの成績を取っていたんだ。それがボスの気に障ったらしい。あいつも頭がよくて、つねに上位の成績を誇っていたから。最初は冗談かと思ったよ。靴を隠されたり、鞄《かばん》を窓から投げ捨てられたり。ただ単にからかわれてるんだと思ってた。でも、ある日を境にクラス中に無視されたんだ。誰になにを話しかけても顔をそらされる。答えてくれない。それで初めて、自分がハブられていることに気づいた。それと同時に——虚《むな》しくなった」

淡々と語る声に引き込まれていた。なにも言えなかったし、口を挟む気もなかった。

「すぐに宗吾のことを思い出した。ああ、あいつもこんな気持ちだったんだなって……。クラスで孤立する秀才。本だけが友だち。休み時間も昼食もひとりだ。誰も俺と目を合わさない。まるでおまえの中学時代をなぞっている気分になった。でも、俺を救う奴はひとりもいなくて……無性に宗吾に会いたかったよ。中学時代のおまえの気持ちがいまならよくわかるよって、言いたかった」

不意に言葉を切って、「俺は偽善者なのかなとも思った」と行成が呟く。

「おまえが昔、『俺、……迷惑になってない？』って訊いてきたことあっただろ。そんなの一度も思ったことなかったけど、……自分がハブられてみて、なんとなくそう思った。俺は同じ趣味を通じておまえに声をかけたつもりだった。でも、それだって仮面の一部で、おまえを救うヒーロー気分に浸ってたんじゃないかって……いろいろ振り返って落ち込んだ」

「そんなことないって、ほんとうに。偽善であそこまでできないよ。行成は……ほんとうにいい奴だよ」

懸命に言い募ると、行成は苦笑いする。

「でもそんな情けない話は誰にも言えない。せめてＬＩＮＥのアカウントを変えなければおまえと連絡が取れたかもしれないけれど……当時は俺も意地があって、弱っている自分を知られたくなかった。誰にも。母親にも、祖母にも……おまえにも。みっともない俺を見せたくなかったんだ」

「そんなこと……そんなことないのに。俺はどんな行成でもそばにいたかったよ」

「当時の俺のプライドがそうさせなかったんだ。中学時代におまえを救ったはずなのに、もしかしたらそれは優等生のふりをしていたからかもしれない。そんな仮面が高校時代にとうとう壊れて俺がハブられる側になった。で、思いきって高校を辞めた」

「え……」

「辞めたんだよ。義務教育は果たしたし、同い年しかいない狭い庭にいるのが窮屈でさ。落ち着いたら通信教育で学べばいいし、大検も同じく。俺は一日でも早く社会に出て自分で稼いで、親の保護からも離れたかったんだ」

「だからモデルスカウトに乗った？」

「そう」

ワイングラスを空けた彼が大きく息を吐き、「格好悪い話だったな」と苦笑する。

「『祥二』の素顔なんてこんなもんだ。がっかりしただろ」

「……そんなことない。絶対に。むしろ偉いよ、行成」

自分には思いつかない発想だった。

中学時代は行成に助けられたけれども、その後の高校、大学ではできるだけ目立たないように目立たないようにと気を配っていた。

部活動もサークル活動もせず、履歴書に書ける学歴が欲しかっただけだ。

だから、高校以降の友人はほとんどいない。

「無色透明でいたかったんだ、俺。行成と過ごした日々は鮮やかだったけど、その後はひたすら耐えてた。両親が大学ぐらいは出ておけって言ってきたのもあったけど……。それで得た学歴はいまの俺にはほとんど役に立ってない。勤めたかった古着屋さんとも縁がなくて、アパレルメーカーに勤めたものの結局だめだったし。……行成がどんなに大変な思いをしていたか、俺に全部わかるとは到底言えないけど、すごいよ。偉いよおまえ。自分で自分の道をちゃんと切り開いてきたんだな」

「それでも、オーディションには落ちた」

うつろな声をどうにか励ましたくて、身体ごと横に向け、彼の肩を摑《つか》む。

「だからって未来を閉ざされたわけじゃないよ。やらないで後悔するより、やって後悔したほうが絶対にいい。今回の一件だって、考えようによっては行成の弱点がわかって、今後の課題ができたとも言えるじゃないか。伸びしろがあるんだよ行成には」

行成は目を瞠《みは》っている。それからくすりと笑い、「俺より俺のことわかってるんだな」と呟く。

「伸びしろか……弱点を理解して、そこを攻めていけばいいってことか？」

「そう。だいたい、モデルとしてスカウトされただけでもすごいのに、着実にキャリアを積んで、いまの行成には大勢のファンがついてる。テレビドラマにだって出てる。雑誌でもおまえの特集を組まれてるぐらいなんだよ。これから先、もっともっと大きなサプライズが待ってる。その日のために行成は進んでいけばいいんだよ」

「宗吾……」

両手で掴んでいたワイングラスを取り上げられ、三センチほど残っていたそれを行成が飲み干す。

そしてきわどい距離まで顔を近づけてきた。

「おまえの目に俺はどう映ってる？　今日、『祥二』を撮っていてどう思った？」

ごとりと心臓が大きく揺れ動く。

「……ずっと、……ずっと目が離せなかった。レンズを構えている間、独り占めしている気分になったよ。この映像を観《み》たファンもきっと同じ気持ちになるだろうなって」

「どんな気持ち？」

「……自分だけを見ていてほしいって……思った」

誘導尋問に乗せられて、深い恋ごころを覆っていた殻が壊れていきそうだ。

いけない、せっかくいい友人関係を築いているのだし、いまは居候の身だ。

恋ごころの感情をあらわにしたら気味悪がられると思うのに、きらきら輝く彼の髪に触りたくて思わず手を伸ばした。

ほんのすこしだけ、髪を引っ張った。

それを合図に行成が顔を寄せてきて、軽くくちびるが重なる。

ふわりとくちびるの上で甘い砂糖が蕩《とろ》けるようなキス。

突然のことに瞬《まばた》きもできず、息することも忘れてしまう。

とてもやわらかで、熱っぽい弾力だった。秘めた想《おも》いを打ち明けてくれたそのくちびるで、行成はくちづけてきた。

「ゆき、なり」

まるで魔法にかかったようなこころ持ちで呟くと、ワイングラスをローテーブルに置いた行成に頤《おとがい》をつままれ、上向かされる。

それから再びくちびるをふさいできた。

今度はもっと深く、強く。

しっとりとした熱がじわじわとそこから身体中に、意識中に染み渡り、宗吾から理性を奪う。

キス、されている。

八年間ずっと片思いしてきた男に顎を摑まれ、くちびるを触れ合わせている。

互いにずいぶん呑んだから、酒の上の冗談にしてしまえることもできるけれど、くちびるの表面を誘うようにちろりと舐《な》められ、くちゅりと舌が割り込んできたらもうあとには退《ひ》けない。

眼鏡を取り去られ、口腔《こうこう》内を舐《ねぶ》る舌が絡み付いてくることに思わず身構えたけれど、大きな手のひらが後頭部をやさしく支えてくれたので、身を委ねてしまうことにした。

生まれて初めてのキスを、ずっと想ってきた男とするなんて。

ねろりと嬲《なぶ》ってくる舌に吸い上げられて、息が上がる。どう応えていいかわからず、おずおずと彼の背中に手を回した。

しがみつくような格好に、くちびるを離した行成が「嫌じゃないか？」と囁《ささや》いてくるので、必死に頭を横に振った。

「……行成、なら……」

ようよう呟くと再び真剣な顔が近づいてくる。

さっきよりも舌をきつく搦《から》め捕られ、うずうずと擦られる。身体の奥底から甘やかな感覚がこみ上げてきて、宗吾を陶然とさせる。

気遣いつつも、強く攻め込むキスに夢中になった。

とろりと伝わる唾液をこくんと喉を鳴らして飲み込み、彼の背中に爪を立てた。

くちびるの表面が触れているだけでも心臓が口から飛び出そうなのに、舌をきつく絡み合わせていることがまだ信じられない。

長い指がなだめるように髪を梳《す》いてくる。その感触にうっとりとなりながら自分からもすこしだけ身を寄せた。

「……っ、ん……」

ちゅ、ちゅ、と音を立ててくちづけられ、せつない声が漏れる。

長年片思いしていた男とのキスがこんなにも胸を昂《たか》ぶらせることも、行成のくちびるがこれほど熱くやわらかなことも知らなかった。

突然のくちづけはいいように宗吾を振り回す。

歯列を丁寧になぞられ、上顎を舌先で嬲られると意識がぼうっとしていく。

くたんと身体の力が抜けて行成にもたれかかると、彼の指が頬、そして顎のラインを辿《たど》っていく。

そのやさしさがいまはなんだかもどかしい。

いっそ、力尽くで奪ってくれればなにも考えずにすむのに。

行成はひとつひとつ宗吾の反応を確かめているようだった。

喉元をくすぐられ、シャツの襟首を引っ張られる。それから、胸をそっと撫でられた。

「行成……」

そんなところ触っても、面白くもなんともないだろうに。

平らかな胸を軽く撫で回され、もやもやとした言い知れない感覚がこみ上げてくる。

「……ぁ……ん……」

自分でも思ってもみない甘い声が漏れ出て、内心焦った。

苦しい、胸が苦しい。

心臓を探り当てるように左胸をまさぐられ、身体の奥底がずきずきする。

この衝動はなんなのだろう。

行成への恋ごころが狂おしく駆け巡っているのか、それとも身体が本能に従って反応しているのか。

どっちつかずの感覚に混乱し、いやいやと頭を横に振る。

「やめるか？」

思い詰めた声に、「やめない、で」と懇願する。

「行成……なにが、したいの」

「おまえが欲しい」

想像以上に情熱的な言葉を耳にし、急速に頬が熱くなっていく。

「……俺、なにも……知らない」

「だったら、俺に任せてほしい」

「……ん」

こくりと頷き、彼の手がジーンズのジッパーにかかるのを瞬きもせずに見つめていた。

まさかという思いと、もしかしてという思いが交錯していた。

ジリッと金属の嚙《か》む音が耳にこだまする。

「すこし腰を浮かしてくれるか」

言われたとおり、そろそろと腰を浮かせる。

ジーンズを膝まで下ろされ、ボクサーパンツがあらわになると顔中が炙《あぶ》られるように熱い。

「おまえが嫌がることは絶対にしないから」

「……うん」

それだけは信じていた。好きな男が自分を痛めつけることはけっしてしないと。

下着の真ん中に手がかぶさる。

じわりと行成の指の温《ぬく》もりが染み渡り、知らず知らずのうちに反応していく。

「すこしは感じてくれているか」

「ん、ん、っう、わかんな、い……っ」

男ならそこに触れられれば硬くしてしまうのは当然のことだけれども、行成への想いがつらいほどにふくれ上がり、どうしていいかわからない。

行成は黙ってそこをゆるやかに揉みしだいていく。

すこしずつ、すこしずつ身体の中心に芯が通り、心臓がばくんと波打つ。

「あ、ん……！」

宗吾の知らない快感を引き出すかのように行成の指は動き、だんだんと形を成していくそこの輪郭をなぞっていく。

「硬くなったみたいだ」

「……っん……」

甘く掠れた声に翻弄されてしまう。

身体中が火照っている。

気持ちいいとはっきり声に出すのは恥ずかしかった。

行成の骨張った手をただただじっと見つめていた。

どんなふうに動くのだろう。どんなふうに自分を暴くのだろう。

焦《じ》れったさが募り、自然と身体が揺れる。

それをきっかけに、行成がボクサーパンツの縁を引っ張った。

ぶるっと鋭角にしなり出る肉茎に、ぶわりと体温が上がる。

宗吾の戸惑いを打ち消すように行成の手が肉茎の先端を包み込み、ゆっくりと撫で回してくる。

「あっ……あっ……あっ……」

頭をのけぞらせ、声を絞り出した。

じわじわと攻め込んでくる行成の手がたまらない。

次になにをされるのか、どうされるのかもわからなくて、身体が小刻みに震える。

「もう一度腰浮かして」

ジーンズと同じように下着をずり下ろされ、熱く湿った肌が空気にさらされる。

不思議と怖くはなかった。

行成がなにをしたいのか、それが気になってしょうがない。

顔を傾けた行成の頬にアッシュブロンドの髪が影を作る。

艶《なま》めかしくかすかに開いたくちびるが悩ましい。

ついさっきまで重ね合わせていたくちびる。

彼の息もわずかに荒くなっていることに気づき、ますます頭の中がぼんやりしていく。

成り行きでこんなことをしているわけではないのだ、彼は。

触れたい、確かめたい――そんな想いが伝わってきて、宗吾は思わず彼の頭をぎゅっとかき抱いた。

芯の入った肉竿《ざお》に指が一本ずつ絡み付き、ゆるゆると上下に動き出せば、あ、あ、と声なき声が漏れる。

「ゆき、なり……ぃ……っ」

親友がこの身体に触れているという事実がまだうまく飲み込めない。

だけど鋭い快感が奥底からほとばしり、急速に宗吾を飲み込んでいく。

身体とこころがばらばらになったみたいだ。

純粋な快感を欲しがる身体と、行成を想い惑うこころ。

その狭間《はざま》で揺れ動き、宗吾は必死に彼の頭に頬を擦りつけた。

やめてほしい――絶対にやめてほしくない。

葛藤は理性を押し潰し、快楽に火を点ける。

「あ、っ、あ、……ゆき、ゆきなり……っ」

行成が欲しい。

どんなふうに欲しいのか自分でもまだわからないけれど、深いところで繫《つな》がり合いたい。

行成が親指とひと差し指を輪っかにして、先端をくちゅくちゅとくすぐる。そうされると一気に引き攣《つ》れるような快感が増幅し、なにも考えられない。

どくどくと脈打つ心臓をそっくりそのまま行成にあげたかった。

――おまえを想ってきたんだ、ずっと、ずっと。

行成が求めてくれるなら、全部あげたい。自分が差し出せるものはすべて。

つうっと裏筋を辿る爪に背筋をぞくぞくとさせ、先端からとろりと愛蜜が溢《あふ》れ出す。それを助けに、行成が肉茎を握り締めてゆったりと扱《しご》き始めた。

下から上へ。

息が詰まるような快感に喘《あえ》ぎ、しゃくり上げる。かすかに涙が滲《にじ》んだ。

きらきらした行成の髪に顔を埋め、その名を繰り返し呼ぶ。

「ゆきなり……ゆきなり……っ」

「――宗吾」

彼の声は欲情に掠れていた。その声を聞くだけで心臓を鷲摑《わしづか》みにされてしまう。

迫《せ》り上がる快楽に、はっ、はっ、と息を切らした。

かりかりと筋を引っかかれ、息するタイミングもめちゃくちゃだ。

感じる場所を丁寧に探して突き止めてくれるこの男が、好きだ。たまらなく好きだ。

次第に募っていく射精感から気を逸《そ》らそうとしても難しく、ぬちゅぬちゅと扱かれてもう我慢できない。

——行成にはなにもしなくていいんだろうか。彼だって男だ。もっと先のこともしたいんじゃないのか？

だけど、唐突に始まった愛撫《あいぶ》だけになにも準備していない。こころだってまだ追いついていない。

男同士でも身体を重ねることができるのはおぼろげながら知っているが、いろいろと必要なはずだ。

——その前に、俺のこころが。

訪れるかもしれない衝撃を想像してぎゅっと目をつむると、下肢をもてあそぶ手がいったん止まり、額に軽くくちづけられた。

「大丈夫だ。安心しろ」

「ん——……ゆきなり……っ」

前よりもっと淫らに擦られて、絶頂感が弾《はじ》けそうだ。

「だめ、だから……っこれ、いじょう、だめ……っ」

「イきたいか？」

「ん、ん」

こくこくと頷く。

「それなら、ほら」

「あ、あぁ……っく、……イく……っ！」

先端の小孔を指でこじ開けられ、くりくりと熱い中を擦られる。

ひどく敏感なそこを弄《いじ》られてしまえばずきりと腰の奥が痛むほどの快感がこみ上げてきて、ついに行成の手の中で達してしまった。

ぱっと飛び散る白濁が行成の手を濡《ぬ》らす。それは、どろりと宗吾の下生えにも伝い落ちていった。

「はぁ……っあ……あっ……あ……ゆき――なり……」

脱力感に襲われ、ぐったりと行成に身体を預けた。

彼の心臓も大きく跳ねている。そのことに気づいておもむろに顔を上げ、「行成、も……」と呟いた。

「俺、下手かもしれないけど……行成も……」

「おまえの可愛《かわい》い顔が見られただけで満足だ。……気持ちよかったか？」

「……すごく……よかった」

どういうつもりで行成は手を出してきたのだろう。酔った上の戯《ざ》れ事か。それにしては手つきがやさしかった。

「……ほんとうに……よかった」

本音を漏らすと、行成が嬉しそうに笑い、顔にかかった髪をかき上げる。それから立ち上がり、バスルームからタオルを持ってきて宗吾の下肢を拭う。

「バスタブに湯を張ってるから、ゆっくり浸《つ》かれ」

「行成は……？」

「俺もあとで入る」

「そうじゃなくて……行成……俺、……行成にも同じこと、……したいんだけど」

「おまえにはすこし早いかな」

いたずらっぽく笑って行成が額を指でつついてくる。

「風呂に入ったらひと眠りして、目が覚めたらルームサービスでも取ろう。俺も今日は撮影で疲れたから、のんびりしよう」

「……うん」

なんとか頷いた。

まだ身体のそこかしこが疼《うず》いている。肌のすべてが、行成の指の感触を覚えている。

眠れるかどうか自信がないけれど、行成と同じ部屋にいられる嬉しさで胸が温かい。

「もう入れるぞ」

バスルームの様子を見てきた行成に、「ん」と返し、ふらつきながら立ち上がった。

バスタブの中で、行成の指が辿ったところを確かめよう。

全部。全部。

8

「どうしたの、天宮《あまみや》君、ぼうっとして」

ヨウの声にはっと我に返り、おにぎりを詰めていた手を再び動かし始める。

あれから早くも一か月が経つ。

七月に入り、快晴の日々が続いていた。おかげで冷たいドリンクやアイスを求めてコンビニを訪れる客も多く、普段よりも忙しい。

朝のラッシュが過ぎたあと、昼食タイムに備えておにぎりや弁当を補充していたのだが、ややもすると記憶のねじはあの六月の海に巻き戻る。

宗吾《そうご》が撮った動画は行成《ゆきなり》の事務所で編集され、ネットで公開されていた。一般公開されているので、誰でも観ることができるせいか、再生回数は上々のようだ。

『自然な祥一さんを観られてよかったです！』

『お城を作ってるときの祥一君可愛かった～』

『またドラマ出演楽しみにしてます』

好意的なコメントが多かったことに行成もほっとしていた。

これまでにも何度か動画を出しているが、新作をアップするたびに視聴者がどっと増え、事務所も大喜びのようだ。

『おまえに撮ってもらったおかげだな』

賛辞を受けて照れたけれども、素直に嬉しい。

けれど、あの夜のことを行成はどう思っているのだろう。

ホテルに泊まった翌朝、行成はなんでもない顔でルームサービスを頼み、旺盛に朝食を平らげていた。ぐっすり眠れたようだ。

一方、宗吾は身体に残る行成の熱がなかなか消えず、ベッドの中で転々とした。

あの日以降、とくに変わったことはない。

同居はいままでどおりに続き、行成の態度に変化もない。

この身体に触れてきたことがなかったような、至って落ち着いた振る舞いだ。

あれは、旅先での昂ぶりが呼んだ冗談だったのだろうか。

行成にとって、ただのからかいだったのだろうか。

——好きだって言えばよかった。そうしたら、なにかが変わっていたかもしれないのに。

一方的に極められたことが胸に引っかかっている。もっと先の行為に進んでいたら、行成の本気も摑めたかもしれないのに。

ここでも及び腰の己が忌々しい。

大事なときに勇気を持って一歩踏み出せない自分が。

「もしかして、最近の天宮君は恋煩い？」

「恋、……っえ、あ、あの」

「君は素直だね。全部顔に出る。相手は誰？　気になるな」

「……じつは中学の、同級生で……」

隣で麺《めん》類を補充していたヨウが目を輝かせる。

「あの男性？　うちの店によく来てくれるアッシュブロンドの」

「な、なんでわかるの？」

「はは、当てずっぽうで言ってみたんだけど、大当たりだったね。そうか、あのひとが好きなんだ。もう告白はした？」

「……まだしてない。ちょっといろいろあって……キ、キス……はしたんだけど、それ以上には至らなくて」

信頼しているヨウなら明かしてもいいだろう。

ほんとうは手で極められたのだけれど、それを口にするのはさすがに躊躇《ためら》われた。

「ふうん……」

目を細め、ヨウは意味深な表情だ。

感情を読み取られないよう、せっせとおにぎりを詰めていくが、勘のいいヨウのことだ。すべてバレている気がする。

「あの男性、ミステリアスだよね。男性でも女性でも、秘密が多いひとには惹かれるよ」

「ヨウさんも？」

「うん。僕の恋人にも知らないことがたくさん。でも、なんだかんだ気が合うんだよね。普段料理なんかしないのに、お腹ペコペコで家に帰ると彼が夕ごはんを作ってくれてたり、洗濯をしてくれていたりする」

「そうなんだ。……彼？」

「そう、彼。僕の恋人は男性なんだ」

ヨウがさらりと答える。

そうか、そうだったのか。だから、宗吾の話にもとくに驚かなかったのか。差別意識がなく、地にしっかりと足をつけたヨウのこころを奪ったひとはどんな人物なのだろう。

「ヨウさんの彼ってどんなひと？　なにしてるひと？」

「なにしてるんだろうね。僕もあまりよく知らないんだよ。数日家を空けていたかと思ったら一週間家でのんびりしていることもある。ちなみに日本人だよ。大学在学中に出会ったんだ」

「相手のことをよく知らないで暮らすのって心配じゃない？」

「どんなに親しい人物でも、そのすべてを把握することは不可能だ。君はどう？　あの彼につ

ない。

過去の出来事を打ち明けてくれたけれど、それで行成のすべてを知ったということにはならいての全部を知ってる？」

問われて考え込んだ。


彼が高校時代に感じた孤独や、同年代よりも先に社会に出たときの苦労も知らない。

「……ただ、通じ合えている気がする、かな。俺も行成……アッシュブロンドの彼の名前だけど、行成と一緒に暮らしていてすごく安心する反面、自分とはやっぱり違う人間なんだなって実感することがときどきある。ここだけの話なんだけど、彼、芸能人だから、仕事については多くを語らないんだ」

「それでも信じ合えるっていうのはいいことだね。同じ部屋に住んで、同じ空気を吸って、同じ料理を食べる。ときどき話をする。ほんのときどき真面目な話をする。それだけでいいんじゃないかな。こころの深いところで繋がってると信じられれば」

「……そうだね」

ヨウの言うとおりだ。

これから先も行成と過ごしていけるなら、いまはまだ知らない出来事もきっと受け止める日が来るだろう。そして、秘密は秘密のままでもいいとも思う。

知らないことがある——その一点で惹かれるのも事実だから。

補充作業が終わったところでレジに入ると、タイミングよく行成が店にやってきた。昨晩は遅くまで雑誌の撮影だったので、『先に寝ていていいぞ』と言われていた。朝食としてオムレツにハムとレタスを挟んだロールパンを用意してきたから、それを食べたのだろう。店を一周した行成がレジに持ってきたのは、出会って間もない頃に彼に勧めた野菜ジュースだ。

「百三十円です」

「はい」

小銭できっかり出した行成は髪をひとくくりにし、黒キャップ、マスクを着けている。そんな彼に、ヨウが、「いつもありがとうございます」と言い、行成はちょっと驚いた表情を見せながらも、軽く頭を下げた。

「天宮君の同僚のヨウと申します。台湾出身です」

「日本語お上手ですね。行成です」

「いつも格好いいお客さんだなあって思ってました」

「ありがとうございます。一応、芸能人みたいなことやってまして」

「やっぱり。納得しました。全身から滲み出るオーラが違いますもんね。あの、もしよかったら一緒に写真撮らせてもらえませんか？」

「いいですよ」

気さくに行成が応え、冷蔵棚を背に三人並んで立つ。ちょうど客もいないことだし、ヨウが一瞬のうちにスマートフォンのシャッターを切った。そして、深くお辞儀をする。

「我儘《わがまま》を言ってすみません。ほんとうにありがとうございます。同居している恋人に自慢しちゃいますね。うちのコンビニにとんでもない美形の方がお忍びでやってきてるんだって」

「とんでもないかどうかはわからないけど、お褒めいただいて恐縮です。宗吾のこと、よろしくお願いしますね。こいつ、とても真面目なので」

「充分承知してます。天宮君がいなかったら、僕のシフトは倍になってましたよ」

朗らかに笑うヨウに行成も信頼を置いたようだ。

穏やかに笑ってキャップのつばを上げ、「宗吾、お疲れ。家で待ってるな」と言って店を出ていった。

「うしろ姿まで格好いいなあ……姿勢がとてもいいんだね」

「ヨウさんもわかる？　そうなんだよ、行成って姿勢そのものがすごく綺麗なんだよ。立ってるだけで絵になる男ってそうそういないよね」

「はは、のろけられた。じゃ、今度僕の恋人自慢しちゃおうかな」

「聞きたい聞きたい、今度ぜひ」

浮かれた気分でひそひそ言い合い、互いに作業に戻った。

「この間の動画が好評だったから、事務所がライブ配信をやってみないかって言ってきた」

「ライブ配信？　行成とリアルタイムでチャットできる感じ？」

「そうそう。俺、趣味の範囲なんだけど歌をうたうのも好きだからさ。著作権を事前に調べてオーケーな曲をうたうから、近況や今後の予定を交えつつ歌を一曲。それから、ファンからの相談も受けようと思ってる」

蒸し暑い夏の夜、さっぱりとした豚しゃぶをふたりで食べていた最中に行成がそんなことを言い出した。

いまや一般人も身近な出来事を語る動画配信時代だ。あらかじめ撮影して編集を加えたものを流すパターンが多い中、リアルタイムでライブ配信するひとも増えている。

ＰＣやスマートフォン越しに行成と直接コミュニケーションできるなら、ファンも嬉しいだろう。それに、芸能人のライブ配信は人気がある。以前は芸能界に疎かった宗吾だが、行成と過ごすうちに自分でもあれこれ調べ、いまの流行りを知るようになった。

誰でもスマートフォンを持つようになった中、動画配信は思いのほか人気がある。

ジャンルは幅広く、個人的なことを語るものからファッションについて、あるいは車についても、またあるいは旅行、グルメ好きなひとに特化した配信者が日々動画をアップしている。

「俺、行成と再会してから動画を観るようになったんだけど、いまはほんとうにいろいろあるんだね」

「どんなジャンルが目についた？」

「個人的にチェックしてるのは、ホラー系の話を語ってくれる動画と、ネット配信中心に活躍してるアーティスト。あの、『歌ってみた』とかいうやつが好き」

「ああ、プロの曲を自分なりに歌うやつな。俺も好き。玄人《くろうと》はだしのひともいれば、自分の好きなようにのびのび歌ってるのもいいよな」

「うん。あと、『ファッションチャンネル』もたまに観る。俺、自分のセンスに自信ないから。行成みたいに本業がモデル兼俳優のひとはなに着たって絵になるけど、コーディネイトとか結構難しいし。俺と同じ普通のひとがどういう組み合わせで服を着ているのか、参考になるんだ」

「そういえば最近の宗吾、明るい色を着るようになったよな。今日着てるそのイエローのTシャツも似合ってる」

これは、と胸元のロゴを指で引っ張る。

「行成の真似《まね》。私服で着ていたロゴTが格好よかったから、似ているものを探したんだ」

「そっか。俺でもおまえに影響を与えられてる？」

「それはもう毎日。ヨウさんじゃないけど、おまえみたいな美形と一緒に暮らしてたら自然と影響される。顔かたちはどうにもならないけど……」

ーヘアセットも変えただろ」

「……わ、わかった？　初めて美容院に行ってみたんだ。ネット検索して、相談しやすい美容師さんがいるサロンを探したんだ。表参道《おもてさんどう》まで行っちゃった。めちゃくちゃおしゃれなひとばかりでビビったけど、美容師さんがいいひとだった。俺でもセットしやすいようにカットしてくれて」

「似合ってるよ。ちょっと耳先が見えるのが可愛い。おまえはよく自己卑下してるけどさ、俺の目から見たら充分可愛い」

「……口がうまい。しゃぶしゃぶもっと食べていいよ」

「お、ありがと」

　水菜と豚しゃぶにポン酢をつけて、行成が美味しそうに頬張る。野菜も肉も同時にたくさん食べられる鍋料理は冬も夏も大好きだ。

「でさ、そのライブ配信、おまえにも手伝ってもらえないかなと思って。このリビングから配信しようと思ってるんだ」

「へえ、私室公開？　ファンがめちゃくちゃ喜びそう」

「予定としては二週間後の土曜の夜二十時から一、二時間。呑みながらやりたいけど、夏休み中の未成年者も観てるだろうから、今回は麦茶をお供にする」

「それで、俺はなにをすればいい？」

「とくに大きなことはないんだけど、撮影用にリングライトを買ったからそれの調整とか、俺が暴走しそうになったら止める役目とか」

「なにがどうなったら暴走するんだよ」

思わず声を立てて笑ってしまったけれど、行成は曖昧な笑みを浮かべている。

「ライブ配信をやったら、俺に好意的なファンだけじゃなく、通りすがりの暇な奴も、アンチも来る。誰からどんなコメントを受けるか想定できないから、もしアンチ的なコメントが来たときに俺が沸騰しないよう見張っててほしいんだ」

「アンチか……」

確かにそういう可能性はある。宗吾がチェックしている動画でも、高評価、低評価をつけることができるうえ、視聴者が自由にコメントを送れる。

自分が楽しく観ている動画だったとしても、それを好まない者もいる。

たとえば旅行チャンネルなら、「いつか自分も行ってみたい場所です、紹介ありがとうございました」というコメントがつけば、「金持ち自慢しないでください」と感情的なコメントがつくこともある。

それに顔出しをすれば、さらにリスクは高まる。ただ容姿や喋《しゃべ》り方が気に入らないというだけでアンチコメントがつくこともあるのだ。

動画配信が趣味の範囲で収まっているぶんにはさほど問題ないが、視聴者が増えれば広告がつくようになり、その収益で食べていけるようになる。だからこそ、ひとびとは人気配信者に対して厳しい目を持つようになるのだ。

『この程度の動画配信で儲《もう》けているのが気に食わない』

ある種のひがみもあるのだろう。もちろん、すべての動画が善良というわけでもない。最初から炎上目的で悪意に満ちた動画を配信する者もいる。しかし、そうした動画にも一定の視聴者がつくのだ。怖い物見たさ、というところか。

芸能人で、これから花を咲かせようとしている行成にはいまのところ彼が好きなファンが大勢ついているが、ライブ配信となるとどうだろう。

リアルタイムだからこそのリアクションや思わぬアクシデントによって、アンチコメントがくるケースもあるだろう。

「わかった。俺もそばにいて、コメントをチェックするよ。どれに反応するかは行成次第だけど、もし煽《あお》りコメントが届いたらブロックすることもできるし」

「助かる。俺ひとりだと喋るので精一杯だと思うからさ、見張っててくれる奴がいると気持ち的にも楽なんだ」

「任せて。本番まで参考に他のライブ配信を見ておく。どんな流れで盛り上げればいいのか、もし悪意のあるコメントが来たときどうすればいいのか、学んでおく」

「やっぱり真面目だな宗吾は。そういうところが好き」

さらりと言われて聞き逃しそうになったが、頭の中でいまの会話をリプレイしてひとり頬を赤らめる。

――そういうところだぞ行成。おまえの無邪気さに、俺は必要以上に惹かれてしまうんだ。おまえにはそんなつもりがなくても、『好き』ってひと言に踊らされてしまう。きっとファンだってそうだ。

だとしたら、逆の可能性も考えられる。ひとの好意を自然と集められる行成が、なにかに対して軽い気持ちで『これ、嫌いなんだよね』と言ったとしたら、共感する者は多く出るだろう。好意より、悪意のほうにひとは目を向ける性質がある。

もし、自分の好きな俳優やアイドルが強烈な共感性を備えていたとしたら、たったひと言で、大衆を善にも悪にも導ける。

このまま行成が成長を続けていけば、きっとCMにも出られる。またドラマにも出演できる。そして、彼が出演するCMの商品はひとの目を奪い、かならず売れるだろう。ドラマの視聴率だって。

よくも悪くも影響力を持ち始めているのだ、行成は。

その欠片《かけら》が、今度のライブ配信で見られる気がする。

しっかり彼の背後で控えていよう。そう決意して、宗吾は麦茶で満たしたグラスを摑んだ。

9

数日後には八月になろうという土曜の夜、行成《ゆきなり》と宗吾《そうご》は初ライブ配信のために準備に大わらわだった。

なにか食べながらがいいかとか、やっぱり呑みながらがいいかとかいろいろアイデアは出たけれども、初めてなのだし、ひとまずはきちんと丁寧にやってみようということになった。

事前に事務所のサイトでも告知し、行成に相談したいことをメールで送ってもらってもいた。反応は想像以上によく、事務所が考えていたよりも多くのメールが届いているとのことだ。

行成が所属する事務所『ウィナー』は小規模だし、また行成もアイドルというわけではないので、ファンクラブは存在しない。しかし、日々ファンクラブ設立の要望は増えており、どうしたものかと事務所も熟考しているらしい。

どの相談に乗るかは、行成と事務所がすべてのメールに目を通して決めた。

ライブ配信中にリアルタイムで相談事を寄せられるかもしれないから、それにも柔軟に対応しようという結論で事務所からゴーサインが出たとのことだ。

定期的に動画を出していけば、かならず誰かの目には留まる。『祥一《しよういち》』として活動していることを報告しながらのトークだったら宣伝にもなるし、いずれ仕事に繋がる日も来るだろうというのが事務所の判断だ。誰が観ているかわからないのが、動画のよい点でも悪い点でもあるのだから。

行成のファンとはいえ、ひとりひとり置かれている環境も年齢も性別も異なる。思わぬ相談事が突然飛び込んできたときにどう対処するか、行成としても判断力が試される。

彼自身、時間があれば他のライブ配信を観て、いざという場面に備えていた。

ライブ配信は夜の二十時から二時間。のんびりした近況報告から始まり、今後のスケジュールを発表し、気晴らしに歌を一曲。その後、相談メールに答えていくという構成になった。

実際、宗吾の出る幕はないのだが、カメラの映らないところでタブレットPCでライブ配信をチェックする役目を仰せつかった。

どんな人気者でもアンチはかならずいるものだ。彼らが攻撃的なコメントを送ってきた場合、吟味して場合によってはブロックする。うっすらした嫌み混じりのものも来るだろうが、それは行成に任せることにした。

いちいち過敏になっていたら、芸能人なんて到底やっていけない。

夕方には早めに食事を終え、何度かテスト撮りをしたあと、行成はわざわざルームウェアに着替えた。

サックスブルーの爽やかなTシャツとブラウンのハーフパンツという格好は視聴者にリラックスしてもらうため、そして生の行成を見てもらうためだ。

「髪、縛ったほうがいいかな、いつものように下ろしてたほうがいい？」

「表に出る行成って下ろしてることが多いから、ハーフアップはどう？　おしゃれだし、失礼にならない程度にくつろいでる感じが出ると思う」

にわかファッション知識でアドバイスすると行成は機嫌よく頷き、サニタリールームへと向かった。

その間に、宗吾はリング状になったライトの調節をする。配信者の顔映りをよくするため、明るいライトは欠かせない道具のひとつだ。

髪をゆるくハーフアップした行成がやってきて、タブレットPCをローテーブルに設置する。そしてソファに座り、氷と麦茶が入ったグラスをそばに置く。

「もうそろそろか。宗吾、準備いいか？」

「バッチリ」

「相談メールはスマートフォンに保存してあるからそっちを読むとして……ああ、結構緊張するな。歌も練習したけど思いのほか恥ずかしいよな。落ち着いて喋れるのはスケジュールぐらいかな……ていうか、見に来てくれるひといるのか」

行成にしてはめずらしくそわそわしている。どれだけの視聴者が集まるのか不安なのは宗吾も一緒だ。

すくなくてもがっかりするし、多すぎても収拾がつかなくなる恐れがある。

「とりあえず臨機応変にいこう。大丈夫だよ、おまえを待ってるひとはたくさんいる」

「サンキュ」

頷く行成がスマートフォンで時間を確かめる。

二十時ちょうど。

彼がタブレットPCから動画サイトにアクセスし、ライブ配信開始ボタンを押す。

「こんばんは、祥一です。見に来てくれてるひと、いるかな？」

離れたところでタブレットPCを見守っていた宗吾は行成の一声に続いて、どっと溢れるコメントに目を剝いた。

『こんばんは、祥一さん』

『待ってたよ～！』

『会いたかった！』

『初めてのライブ配信ですよね。嬉しいです』

続々とコメントが表示されていくことに行成もほっとしたのだろう。頰をゆるめ、「ありがとう、誰も来てくれないかと思った」なんて笑う。

視聴者数はリアルタイムで表示される。開始三分であっという間に千人を超えた。

この賑わいは行成も想定していなかったらしい。

「ええと、すみません。こんなにたくさん来てくれるとは思っていなかったので、緊張してます」

『ルームウェア似合う～』

『どこのブランドですか？　教えてください』

『ハーフアップ似合う！』

『祥一さんのお部屋からですか？』

立て続けに届くコメントを宗吾も追っていくが、まるで雪崩のようだ。

「今日は俺の部屋から配信してます。一応片付けたんだけど、大丈夫かな。ルームウェアは近所のホムセンで買いました。ハーフアップ、たまにしますよ。ってところで、全部のコメントを拾えないかもしれないけど、お許しください。土曜の夜、みなさんどう過ごしてましたか？毎日暑いよね」

流れを摑んだ行成がゆっくり喋り始める。彼がなにかひと言発するたびにコメント欄は大騒ぎだが、反応がいいことは宗吾にとっても嬉しいなりゆきだ。

行成が最近読んだ本や観た映画についてあれこれ語り、合間にコメントを拾って答えていく。いまのところ、アンチコメントは届いていない。

『祥一くん、名前呼んでー』

『私、今日誕生日なんです』

そうしたコメントが目に留まると、行成も気さくに名前を呼んで「来てくれてありがとう」と礼を言い、『誕生日おめでとう』と祝ったりもした。

「今後のスケジュールですが、しばらくモデル業が続きます。雑誌やウェブに掲載予定があるので、順次事務所サイトのほうで情報公開していきますね。よかったら見てやってください」

『ドラマもまた出てください！』

『前のゲイ役めちゃめちゃハマってました。すっごく可愛かった。スピンオフがあればいいのに』

『硬派なドラマにも出てほしー。格好いい行成さんも観たい』

素直なファンの希望に行成も微笑む。

『ありがとう。俺もまた俳優として活躍できるよう精進します』

オーディションに落ちたことは口にしなかった。悔しさをみじんも感じさせない。ファンに無用な心配はさせたくないのだろう。彼の葛藤を知るのは自分ひとりだけなのだと思うと、妙に胸が疼く。

「えーと、とりあえず前半はこんなところかな。ちょっと休憩ということで、俺の歌、聴いてくれます？　音外してもご愛嬌ってことで」

『祥一さんの歌待ってたー！』

『歌うの好きって言ってましたもんね。楽しみ』

『なに歌ってくれるんですか』

「最近流行ってるあの曲。じゃあ、聴いてください」

一拍置いて、行成がいま流行りのバラードを歌い出す。

低く甘い歌声にファンはハートマークの絵文字を乱舞させ、大はしゃぎだ。

『いい声～』

『祥一さん、歌も本格的にやればいいのに』

『アルバム出たら絶対買っちゃう』

ゆったりしたメロディを歌い終え、行成は画面に向かってぺこりと頭を下げる。

「お粗末様でした。あー、緊張した。だいぶ練習したんだけど、やっぱり生で歌うのってめちゃくちゃ緊張するね。本物のミュージシャンってすごい。俺、ライブ配信だけでも心臓バクバクだもん」

『本物のライブやって～』

「はは、そんな機会があったらぜひ。やるとしたら、まずは路上ライブからかな？」

冗談めかして笑う行成が麦茶で喉を潤し、「では、後半戦」と切り出す。

「俺に相談したいこと、たくさんメールを送ってくれてありがとう。全部読みました。励ましのメールからみんなそれぞれの悩み、受け取ったよ。今日はいくつかそのお悩みに俺なりに答えていきますね」

相談内容は多岐にわたる。

恋愛相談、進路相談、人間関係。

ひとつひとつに真摯に答えていく行成に、ファンも丁寧なコメントを送ってくる。

タブレットPCの画面を見続けているうちに、目がしぱしぱしてきた。途中眼鏡を外し、目薬を差す。

視界がクリアになったところで、ふと、ひとつのコメントに目が留まった。

『私は中学校の友人関係で悩んでいます。親しかった友だちから仲間はずれされるようになりました。クラス中が私を無視し、SNSのグループチャットからも外されてしまい、鞄や靴を隠されたりします。いまは夏休みだから家に引きこもってるけど、二学期が憂鬱です』

流れゆくコメントには重みがあり、行成も一瞬言葉を切った。そしてタブレットを操作し、流されそうになっていくコメントを読み返している。

「いじめか……」

『いじめ、私もされたことある』

『あまり気にしないほうがいいよ』

視聴者同士でやり取りする中、だが、行成はなかなか言葉を発しなかった。真剣なまなざしでディスプレイを見つめる横顔に、胸がずきりと痛む。

次の言葉が出るまでしばし間があった。

――そのうち相手も飽きてくるよ。

――クラスメイトと話し合ってみなよ。

そんな軽い言葉を彼が投げるとは到底思えない。

行成にだって無視された過去があるのだ。

「……いろいろと方法はあると思う。先生にまだ話してないなら相談してみるとか、親に介入してもらうとか。でも、相談主さんがそのどれもできずにひとり悩んでいるんだとしたら――俺は逃げてもいいと言いたい」

コメントの雪崩が一瞬ぴたりと止まった。かと思ったら次の瞬間には一気に投稿が始まった。

『先生って案外無力だよね、相談しても意味ないと思う』

『いじめ、きついよ』

『祥一くん、思いきったこと言いますね』

『逃げてもいいってどういう意味？』

そのコメントを目にしたのだろう、行成が息を吸い込む。

「言葉どおり。休学するとか、転校するとか。簡単な方法じゃないけど、やる価値はある。一番大事なのは君自身だよ。友だちはいま君がいる場所だけに存在するものじゃない。新しい場所にもたくさんいるよ。どうかな？」

『転校ってそんな気軽にできないと思います』

『そうですよ。親を説得するのも難しいし』

『まだ中学生でしょ。義務教育中で休学は大変だと思うけどな』

先ほどまで行成に好意的なコメントが不穏な気配を纏《まと》いだした。

行成の事務所もこの配信を観ているはずだ。そばで見守っている宗吾と同じく、シリアスな展開にハラハラしているに違いない。

『祥一君の意見に賛成。私もいじめられたことがあるから、逃げてもいいと思う』

『でも、またその先でいじめられたらどうすんの？』

『相談主さんの意識が変わらないといけないんじゃないですか』

『逃げるのって負けるのと一緒じゃありませんか』

『いじめられる側にだってなんか問題があるんじゃないの』

コメント欄が一気にヒートアップしていく。

行成が声のトーンを落とし、画面に向かってやさしく話しかける。

「みんな、落ち着いて。俺の意見がたったひとつの正解じゃないから。……でも、逃げたほうが勝ちになることだってあるよ。つらい局面にずっと身を置いて疲弊してしまうぐらいなら、いっそ逃げて新しい環境に自分を置いたほうがいいケースもある」

『そういう軽々しい言い方はどうかと思いますけど』

『有名人だからっていい気になるなよ』

すわ、アンチコメントかと身構えた。

コメント欄はさらに多くの意見で溢れかえり、ひとつひとつが追えなくなっていく。

空気が荒れてきたと行成も悟ったのだろう。ひとつ深呼吸して、にこりと微笑む。

――これは俺なりの意見だから、そう深く捉えなくてもいいよ。

そう言うのかと思ったら。

「逃げていいんだよ。我慢することはない。逃げる自分を責めないで。どんな場所でも君は気持ちよく呼吸できると思うから。いじめられている君にはなんの咎《とが》もない。それだけは信じて。君に悪いことはひとつもない」

強い語調で行成は言い切った。

宗吾は息を詰めて見つめるだけだ。

――逃げていいんだよ。

中学時代、彼にそう言ってもらっていたらどうしていただろう。自分には彼がいてくれたからなんとか踏みとどまれたが、コメントを送ってくれた子にはこうした場で行成に相談するしかなかったのかもしれない。視聴者は皆ニックネームを持っているが、ある意味匿名だ。そんな中で、行成だけが名前と顔をさらしている。

憧れのひとからの思いがけないアドバイスを、相談主はどう受け止めているのか。中学生の女子とおぼしき子からは、その後とくに反応がない。

「いじめられて心身ともに参ってしまう前に逃げて。きっと君のことをわかってくれる友だちがいるよ」

行成がきっぱりと答える。

コメント欄は賛否両論で荒れに荒れ、誰がアンチかファンか、区別がつかないほどだ。しかし行成は己の意見を翻すことはしなかった。

「――すこし強引な意見になったかもしれないけど、これは俺の本心。相談主さん、身体に気をつけて、ゆっくり寝てね。そろそろ今回のライブ配信は終了です。皆さん、最後までおつき合いくださり、ありがとうございました。またぜひお会いしましょう」

笑顔でライブ終了のボタンを押す瞬間まで、コメント欄は雪崩を起こしていた。

「……はあ……爆弾投下しちゃったな」

「行成……」

静寂が戻った室内に、行成のため息が響く。それに釣られて宗吾も肺に溜《た》まっていた重苦しい息を吐き出す。

「最後の最後で思わず本音が出た。あのコメントを取り上げるかどうするか、ぎりぎりまで悩んだけど……俺は答えたかったんだ」

「自分の経験があるから？」

「そう。ハブられた奴にしかわからない気持ちがある。俺も逃げた結果、正解だったから、ああ言ったんだ」

「……でも、荒れちゃったね」

「覚悟はしてたよ」

ソファの縁に頭をもたせかけた行成は天井を見上げている。クリーム色に塗られた天井のずっと向こう、広い夜空を眺め渡すように。

そこに輝く星はあるだろうか。

行成が、宗吾がもがき、いまいる場所を必死に摑んだように、あのコメントを送ってくれた子にも輝く未来はあるはずだ。

経験があるからこそ口にできる言葉がある。

中学時代、宗吾は仲間はずれにされてつらい思いをした。そこを救ってくれたのが行成だ。

そして、その後はひと目につかない生き方を選んだ。

言い換えれば、無難で、妥協に妥協を重ねた生き方だ。思いきった冒険に出て傷つくことが怖かったのだ。

逃げていいんだよ、ともしも行成以外の誰かに言われていたとしても、あの頃の自分は弱気になって、クラスの隅っこにいることを選んでいただろう。

毎朝起きるのも気が重いのに、四角い箱から飛び出し、同年代のレールから外れ、学歴もなく、自分なりの道を切り開く強い想いを持てなかったというのが正直な気持ちだ。

しかし、その行成も高校時代にハブられ、彼なりに考えて学校を辞めた。同時期にモデルとしてスカウトされ、自分が生きる世界が他にもあると知ったからだろう。

選択肢はひとつじゃない。

行成はそう言いたかったのだ。

転校すれば、新しい人間関係を築ける。けれど、前の学校でいじめられていたという想いが相談主のこころに残っていれば、苦しいままかもしれない。またいじめられるかもしれないと不安にもなるだろう。

どう生きていくか。

それはひとの数だけ答えがあるのだろう。さっきの荒れたコメント欄がまさしくそうだ。

「どうしたいかは、相談主さんが決めることだ。宗吾みたいにちゃんと学校を卒業していくことを選ぶか、俺みたいにリタイアして別の世界に飛び込むか」

「……うん。あの相談主さん、またコメントを送ってくれるといいね」

「そうだな。……あー、疲れた。風呂入って寝るよ」

「お疲れさま。お風呂はもう準備してあるからどうぞ」

「ありがとう。なあ宗吾」

立ち上がった行成がリビングを出かけたところで振り返った。

「おまえがあの相談を受けていたら、どう答えてた？　逃げるか、耐えるか」

すぐには答えが出なかった。

きっと、あのライブ配信を聴いていた相談主も同じような気持ちだろう。

憧れのひとに『逃げろ』と言われて奮起するか。それとも、『そんなことできないよ』と肩を落とすか。

「中学生ってさ、まだ親の監視下にあるからそう簡単には動けない。そのことは俺も痛感している。もし、離婚した両親のどちらにも引き取られずにひとりで生きていけたら——そう思ったことは何度もあった。でも、当時はそれができなかった。だから、いまは言いたいんだよ。あの頃の自分に対して、『逃げろ、逃げていいんだ。自分の世界は自分の手で切り開けるんだ。世の中にはほんとうにさまざまな考えを持ったひとがいて、多くの選択肢があるんだ』って。助けてくれるひとはかならずいるから」

自分に言い聞かせるような声音だ。

しなやかな背中を見せ、行成はバスルームへと消えていった。

10

たったひと晩の出来事ではあったが、行成《ゆきなり》の言葉は予想外にネット上で拡散されて話題となった。動画はアーカイブとして残していたので、リアルタイムで視聴しなかったひとも後追いしたのだろう。

あれから一週間。

「昨日も事務所にメールがどっさり届いてた」

「どんな内容だった？」

「いろいろ。それこそもうほんとうにいろんな意見。逃げたほうがいいって意見もあれば、絶対に退《ひ》くなって強い意見もあった。戦うべきだって。相談主さんみたいに中学生の子からのメールもあれば、親御さんの年代からもメールが届いた。『不用意な意見は控えてください』って。マネージャーも大慌てしてたけど、当時の俺の状況を知ってたから、お小言は食らわなかった」

「なら、よかった」

「ただ、リアルタイムのライブ配信はリスクが高いと釘《くぎ》を刺されたよ。なにがどう起きるかわからないからな。今回はとくに俺と宗吾《そうご》のふたりで遂行したし。あそこにマネージャーがいたら止められてたかもしれないけど……俺は後悔してない」

土曜の昼下がり、宗吾と行成は自宅でブランチを摂《と》っていた。

バゲットに生ハムとレタス、キュウリをサンドしたものとアイスコーヒー。これは近所のカフェで宗吾がテイクアウトしてきたものだ。

昨夜も遅くまで仕事だった行成が静かに眠っている間に掃除と洗濯をすませ、ベッドルームをのぞいてタオルケットにくるまる塊がもぞりと動いたところで急いでカフェに走ったのだ。

「おはよう」と彼が起き出してきたのと同時に、テーブルセッティングが終わり、「おはよ」と宗吾も返した。

それからふたりテレビを眺めながら食事をしていたのだが、行成の表情が優れないことにすぐ気がついた。

彼もあのライブ配信については日々思うところがあるのだろう。

だったら。

「ね、行成、今日オフだって言ってたよね。俺と一緒に出かけない?」

「どこへ」

「下北沢《しもきたざわ》。ぶらぶらショッピングするのはどう? 俺がお気に入りの古着屋さんに連れていきたい」

「ショッピングか……」

バゲットの残りを口に押し込んでアイスコーヒーのストローを咥《くわ》える行成は思案顔をしていたが、やがて曖昧な感じで頷《うなず》く。

「家でゴロゴロしてようかと思ったけど、気分転換に外に出たほうがいいかもしれないな。天気もよさそうだし」

「そうしよう。身バレ対策と日焼け対策バッチリ決めて」

「日焼け止め、そういえば切れてた」

「さっきカフェに行ったついでにドラッグストアで買ってきた」

「さすが宗吾。ＳＰＦ50＋？」

「そう、行成愛用のやつ買っておいたよ」

やっと行成が笑ったことでほっとし、簡単に身支度を調えて出かけることにした。

髪をうしろで結わえた行成は黒のキャップをかぶり、着古したTシャツとクロップドパンツという格好だ。ラフな格好なのにやっぱり華があると思うのは贔屓目《ひいきめ》か、惚《ほ》れた弱みか。

宗吾も似たような格好で電車を乗り継ぎ、下北沢へと向かう。

夏休みの下北沢は大勢のひとで賑《にぎ》わっていた。駅前からショップが建ち並び、衣類をかけたハンガーラックを表に出している店もある。

とりあえず言葉どおりぶらぶらと店をのぞきながら歩く。サングラスをかけた行成の綺麗《きれい》な横顔にときおり見とれながら、宗吾は目当ての店へと足を向けた。

その店はビルの一階にあり、ほどよく褪《あ》せた緑の木製の扉が目印だ。表にベンチと店の看板が置かれている。

「アメリカンスタイル？」

「そんな感じ。でもヨーロッパ製品もあるよ」

「アロハシャツでいい感じのがあったら買おうかな」

「だね、今度の浜辺歩きに着ていけばいい」

言い合いながら扉を押し開け、店の奥に向かって「こんにちは」と声をかけた。

「いらっしゃいませ……って、おお、久しぶり宗吾君。元気にしてた？」

「おかげさまで。最近来られなくてすみません」

「いいよいいよ、久々に会えて嬉《うれ》しい」

四十代後半に差し掛かる男性は青地に黄色のハイビスカスが描かれたアロハシャツを粋に纏《まと》っている。

「行成、彼がこの店のオーナーの石橋《いしばし》さん。石橋さん、今日は友人を連れてきました」

「初めまして」

サングラスをかけたままの行成が頭を下げるのと同時に、石橋がちょっと目を瞠《みは》る。

「もしかして、ひと違いじゃなかったら俳優の祥一《しょういち》君？」

「……当たりです。バレバレでした？」

「いや、僕、君の大ファンなんだよ。嬉しいな、わざわざ来てくれるなんて。前に君がゲイ役で出ていたドラマ最高だった。いまでもよく観《み》返してるんだ」

「ありがとうございます」

素朴な賛辞に行成も口元をゆるめている。

「うち、いまの時間帯は暇だから。ゆっくり見ていってください」

「はい」

それ以上石橋は突っ込んでこず、レジのあるカウンター内で商品の検品に戻った。

芸能人だからと言って大げさに騒ぐことなく、行成をきちんとひとりの客として出迎えてくれている。

そんなさっぱりした石橋の態度が気に入ったのだろう。サングラスをするりと上げ、ちらっと行成が横目で微笑《ほほえ》む。

「いいひとだな」

「だろ？」

さほど広くはないが、漆喰《しっくい》の壁にヴィンテージのアロハシャツや海の絵が飾られ、天井ではゆっくりファンが回っていて居心地のいい店だ。

入口付近にはTシャツや半袖シャツ、ニット類が棚に畳まれており、ラックにはジャケットやコートがきちんと掛けられている。

「ユーズドだけどここの商品はどれもコンディションがいいよ」

「ふうん……アロハシャツがずいぶんあるんだな。コットン、レーヨン……」

「季節柄だね」

行成は棚のシャツを手に取り、広げている。黄色ベースに緑の椰子《やし》の木が描かれた綺麗な一枚だ。

「行成、それ似合いそう。鏡で見てみたら？」

壁に取りつけられた鏡の前で行成がシャツを身体《からだ》にあてた。

彼の華やかな相貌をさらに映えさせる。

脇からのぞき込んで、「いいね、似合う」と褒めた。

「こっちのピンクは？　これも行成に似合いそう」

「お、これよさそう。ピンクって普段あまり着ないからたまにはいいかも」

艶やかなピンクベースに白のハイビスカスが咲いている一枚を身体にあてる行成に、「羽織ってみたら？」と言った。

「それ、オーバーサイズだから、Tシャツやタンクトップの上にさらっと着たら格好いいよ」

「なるほど」

シャツのボタンを外して袖を通し、行成はもう一度鏡の前に立つ。

「似合う似合う」

「いいなこれ。ゆるっと着るのがいいかもな」

気に入ったらしく、さまざまな角度から鏡をのぞく行成は満足そうだ。

「古着って結構いいものなんだな。このくたっとした感じが新品では味わえない」

「わかる？　そうなんだよ。年月やひとの手を経てきたからこそのやわらかさがあるよね」

「宗吾おすすめの店だけあるな。これは買う。それと、あー……あっちのスタジャンが気になる」

ラックの目立つ場所にかかった濃いえんじベースのスタジアムジャンパーが行成の目に留まったようだ。

それを手に取り、ハンガーから外して彼に手渡した。

「結構重い」

「袖が革でできているんだね。本物の証拠。羽織ってみて」

行成が脱いだアロハシャツを受け取り、スタジャンを羽織るのを手伝う。

クリームベージュの襟と袖には紺のラインが入り、背中には大きくロゴが描かれている。

しっかりとした素材でできたそれを羽織った行成に思わず見とれてしまった。

「行成格好いい……着痩せするたちなんだな。ボリュームあるスタジャンに負けてない」

「そんなに似合うか？」

「似合う似合う。素材もいいし、状態もいい。アメリカ製だね。スタジャンって流行《はや》りすたりがないし、長く着られるよ」

「そうだな……こういう羽織りは一着も持ってないし、袖丈もちょうどいい。いま着るには早いけど、冬になったらこれ着て一緒にどっか行くか」

「いいね」

浮かれた気分で答えたものの、──冬まで一緒にいられるかな、とかすかな不安がよぎる。

いまは彼のマンションにやっかいになっているけれど、行成は芸能人だ。これからもっと売れたとき、誰か同居人がいるとマスコミにバレたら騒がれるだろう。

──それに、俺、男だし。

女性の同居人だって充分にスキャンダルになるだろうが、男性となったらマスコミはさぞや勢いがつくだろう。

行成の未来を考えれば、早いうちにアパートを見つけ、引っ越したほうがいい。

──でも、離れたくない。せめていまは。

動画の炎上が収まるまではそばにいたい、いてやりたい。

明るく前向きに見えて、そのじつ繊細なこころを隠し持っている男だ、行成は。

ひとりきりにはさせたくない。

むろん、事務所がついているのだから炎上の件はそう心配することもないだろうが、家に帰ってきたとき部屋に明かりが点《つ》いているだけでもほっとするだろう。

居候する際、家賃を折半したいと宗吾は申し出たのだけれど、『出世払いでいいよ、気にするな』と言われていた。だから代わりに自分のできる範囲で家事をこなしているのだ。

恋ごころを隠しながらの同居はなかなかつらいものがある。

自分だけが知っている『祥二』を日々目の当たりにしているのだ。

ファンだと言っていたオーナーの石橋さんですら知らない素の顔を。

過去の傷も、それを乗り越えようとしていることも。

同じ時間をともにしたからこそ、わかり合えることがある。

いつか、行成が「もうそろそろ新しい部屋を見つけたら?」と言い出すまで、一緒にいたい。

図々しいとわかっているけれど。

行成はアロハシャツとスタジャンをレジに持っていき、会計している。

「もし差し支えなかったら、握手してもらえませんか」

笑顔の石橋に、「喜んで」と答えて行成は手を差し出す。

「ありがとうございます。あー、いい日だな。憧れの俳優さんに握手してもらえるなんて」

すっかりご機嫌の石橋が、「そうだ」と宗吾を見やる。

「宗吾君、いまなにしてる?　コンビニのバイトだっけ?」

「そうです」

「頑張ってるんだね」

にこやかに笑う石橋のそばには検品を待っている古着たちが山と積まれている。安物もあれば、ヴィンテージもある。そのひとつひとつを吟味し、石橋は自分なりの美意識に沿って店に陳列していくのだ。

かすかな音を立てて回るファン。古着特有のすこし落ち着いた香り。新作を扱わないだけに客は頻繁にやってこないが、この店の品揃《しなぞろ》えを楽しみにしている固定客は確実にいる。

——やっぱり。やっぱりここで働きたい。

「あの」

なにか考える前に身を乗り出していた。

「このお店、スタッフ募集はもうしていませんか？　無理だとは思うけど、やっぱり諦めきれなくて……俺、どうしてもここで働きたいんです」

「宗吾」

「ほんとうに？」

行成と石橋が驚きの声を口にする。

「前はタイミング悪くて就職できなかったけど……いつか、いつでもいいです。俺をスタッフ募集のリストに入れてもらえませんか」

間に合ってるよ、と言われるのは覚悟している。

けれど、一歩踏み出したい。

行成のように、自分の手で自分の人生を切り開きたい。

諦められないものがあるなら、無理に諦めなくていい。いつか叶《かな》う日のために準備をしておくだけでもなにかの力になるはずだ。

すると、石橋は破顔一笑し、「嬉しいよ」と言う。

「じつはさ、うち、スタッフに空きが出そうなんだよ。今年いっぱいで辞める子がいるんで、新しいスタッフを募集する予定だったんだ。宗吾君、やる？」

「やりたいです！　お願いします」

「ほんと？　そう楽な仕事じゃないけど、古着好きな君なら務まると思う。よかったら、また詳しい話をするから、暇なときにでも来てくれないかな」

「わかりました。ありがとうございます」

思ってもみない幸運に胸が躍り出す。

己を奮い立たせば、チャンスは摑《つか》めるものなのだ。

妥協という仮面を剝ぐ勇気。

そのことを行成が教えてくれた。

ふたりして頭を下げ、店を出たところで思わず深く息を吐くと、行成が「よかったな」と肩を叩《たた》いてくる。

「あの店に勤めたかったんだろ。チャンスじゃないか」

「うん。まさかほんとうにオーケーをもらえるとは思ってなかった。……どうしよう、すごく嬉しい」

「もし勤めるとしたら来年からだろうから、それまでにコンビニのバイト仲間にも事情を話す時間もあるだろうしな。ヨウさんとか」

「話すよ。彼にはとても助けてもらってるんだ。やさしいあのひとがいたから、ド新人の俺でもコンビニバイトが務まった。近いうちに話すよ」

「だな。いい買い物もできたし、どこかで冷たいものでも飲むか」

「そうだね。あ、あそこのカフェがおすすめ。ティースカッシュが美味《おい》しいんだよ」

古着屋を出て五十メートルほど行った先に軒を構えているカフェを指さす。

「チェーン店じゃなくて個人経営のお店なんだけど、フードもドリンクも美味しいんだよ」

「さすが下北沢に詳しいな。おまえ、組織よりもさっきの古着屋やこのカフェみたいに個人の顔が見える店が好きなんだろうな」

「……そうかも。ひとりひとりのお客さんの顔が見えるから」

——俺のことをよく見てるんだな。

行成の言葉に胸をじんわり温かくしながら、カフェの扉を押し開けた。

九月に入っても、炎上はしつこく続いていた。目立つSNSではもうあまり口に上らなくなっていたが、行成の事務所に抗議メールが日々届き、あの動画にも後追いのコメントがつけられていた。

もちろん、敵ばかりではない。行成の言い分ももっともだという擁護派がアンチと意見をネット上で戦わせているのを行成が悩ましく見ていたことを、宗吾は知っていた。

「場外乱闘になってきた感じ」

事務所での打ち合わせを終えて帰ってきた行成がため息をつく。

今夜は彼がめずらしくキッチンに立ちたいと言うので、宗吾がアドバイスしながら素麵とナスの揚げ浸しを作った。

「ナスが美味しい。味がしみしみしてる。行成、料理の才能あるよ」

「でもおまえが見張ってなかったら素麵を茹《ゆ》ですぎてどろどろにするところだった」

ふたりしてビールを吞《の》みつつ、ちょうどいい加減で茹で上がった素麵を啜《すす》る。キュウリの千切りがいいアクセントだ。

「――そういえば、中学時代の同窓会をやるから来ないかって連絡が来てたよ」

「宗吾のところに?」

「うん、俺、LINEのアカウントを変えてなかったんで当時の学級委員長から。あいつは唯一いじめに関わってこなかった奴《やつ》だけど、俺がクラス中にハブられていたことは知っていたと思う。どういうつもりなのかな。よかったら行成も一緒にって」

「へえ、ほんとうにどういうつもりなんだ」

「行成は中学時代、クラスの人気者だったからさ。みんな会いたいんじゃないかな。もしかしたら『祥一』だって知ってる奴もいるかもしれないけど。どうする?」

「……木内《きうち》は来るのかな」

その名前を耳にすると未《いま》だに胸が重くなる。

もし彼が同窓会に参加したら、どういう顔で会えばいいのだろう。八年前のことだから、彼のほうはすっかり忘れているかもしれない。

「宗吾はどう思うんだ?」

「……べつに参加しなくてもいいかなと思うけど、みんながどう変わったのか興味はある」

「俺も。とくに木内。病院の跡取り息子として医大に進んだはずだから、相変わらず自信満々なんだろ。得意げな顔見たら一発殴っちまうかもしれないけど」

「暴力反対。でも、せっかくだから出てみようか。ひとつの区切りとして」

「嫌な思いをするかもしれないぞ」

「それならそれでいい。あいつらが成長してないんだなってわかるだけだから」

「宗吾は最近思いきりいいことを言う」

くすっと笑った行成が、「いいよ。俺も参加するよ」と揚げ浸しを口に運ぶ。

「ふたり仲よく参加して、いい気分で帰ってこようぜ」

「そうだね。なにも起きないかもしれないし。一応、同級生ではあったし」

食事後、学級委員に同窓会参加表明のメッセージを送ったら、すぐさま返信が届いた。

『久しぶりに会えるんだな。みんな喜ぶよ。行成にもよろしく伝えてくれ』

「だって」

スマートフォンの画面を彼に見せる。

「変装してく?」

「うん……どうするかな。考えておく」

なにかを決意したかのような行成の表情から目が離せなかった。


同窓会は二週間後の金曜夜、都心のカフェバーを貸し切りで行われた。

そこへ赴くのにはなかなか勇気が要った。かつて自分を無視したりいじめたりした奴らと会うのだ。平静を装えるか自信がないけれど、隣に行成がいたから踏ん張れた。

新宿《しんじゅく》三丁目近くにあるカフェバーの扉をそうっと押し開けると、賑やかな笑い声が響いていた。

「いや、久しぶりだなあ、いまなにしてんの？」

「八年も会わないってなると結構変わるものなんだね」

「なっつかしー！　ねえねえ、あたしの名前覚えてる？」

記憶の中にあるのは学生服の彼らだが、誰もがすっかり大人びて、今夜の懐かしい再会に際して華やかにドレスアップしている。

女性も男性もみんな笑顔だ。

どうかすると頬が強張《こわば》る宗吾だけをのぞいて。

「……あ！　もしかしておまえ、行成？　ていうか……祥一？」

同窓会に誘ってくれた学級委員長がひとの輪から抜けて歓声を上げる。それとともにひとびとの目がいっせいに集まる。

視線を集めて、顔が紅潮する。口がうまく動かない。

しかし、行成はものともせず、「久しぶり」とひと懐こく微笑む。

キャップもサングラスも着けず、マスクのみの行成はさらりとしたアッシュブロンドの髪をかき上げる。

その仕草は洗練されていて、みんなが——とくに女性が頰を赤らめるぐらいだ。

「バレちゃった？」

「バレるもなにも。まさか行成があの祥一だなんて、なあ。みんなで喜んでたところなんだ、同級生が芸能人になっただなんて誇らしいって」

学級委員長の言葉に悪意はない。

「ほんとにほんとに、祥一なの？　行成君があの祥一なの？」

「私、ドラマ観たよ。すぐに行成君だってわかった。でも連絡取れなくて」

「高校入学と同時に連絡先を変えたから」

さらりと行成がいなす。

「そっちは天宮《あまみや》だよな。返事くれてありがとう。おまえと行成、仲がよかったから。天宮に連絡すれば行成も連れてきてくれるかなと思ってさ。大成功だったな」

「……久しぶり」

ようよう声を絞り出した。同級生の目は行成に集中していて、かたわらの自分には目もくれない——と肩を落としたところで、「よう、久しぶり」と声がかかった。

やけに明るくて、やけになれなれしい声。

振り向くと、髪を明るいブラウンに染めた木内が立っていた。

「天宮だろ？　元気にしてたか？」

「あ、……あ、うん。木内……、だよね」

「ああ。見違えたか？　おまえは中学時代からほとんど変わってないな」

楽しそうな笑い声が信じられない。

中学時代、この自分を執拗《しつよう》にいじめていた張本人が笑顔で話しかけてくる。

過去のことはすべて忘れてしまったというのか。

こちらは折に触れていじめられていたことを思い出し、胸をかきむしられるのに。

「行成、最近売れてるよな。雑誌やテレビでよく見るよ。なあ、芸能人ってやっぱモテるのか？　儲《もう》かるのか？」

「真面目に仕事に取り組んでたら女性と遊ぶ暇もないし、俺みたいなクラスではまだまだ儲からないよ」

「だろうなあ。水商売に近いもんだよな、芸能人って。ちょっと顔がよければ騒がれるけど、あっという間に忘れられる。そんな危ない橋、俺には到底渡れないよ」

「木内は病院を継ぐんだろう。将来の心配なんかしなくていいじゃないか」

「ま、そうなんだけどさ」

悪びれもせず、木内は気障《きざ》な仕草で腕を組む。

「若いうちはいろいろやっておいたほうがいいだろ。じつは俺もいまモデルやってるんだ」

「……おまえが？」

「ああ。医大にはまだ通ってるから腰掛け。ほら、俺こう見えても昔から目立つ容姿してただろ。大手事務所にスカウトされたんだよ。事務所の勧めでそのうちドラマにも出ちゃうかも。そうなったら行成とはいいライバルだな」

挑発するような視線に宗吾は内心たじろいだが、行成は平然としている。

「木内は勘がいいからいきなり売れっ子になるかもな」

「だろ？　同じクラスから人気俳優がふたりも出たら大騒ぎになるよなぁ」

「おまえはいわば色がないから。さまざまな色に染まれると思うよ。本物の実力が備わっているならば、の話だけど。腰掛けなんだろ？」

ちくりとした嫌味に気づいていないのか、木内は上機嫌だ。

「ああ。芸能人なんて一生やるもんじゃない。適当にやって適当にモテたら本来の医者の道に進むよ」

「その身軽さ、尊敬するよ。ま、適当な結果しか出ないだろうけど」

「な……っ」

「宗吾、あっちに美味しそうな料理があるぜ。行こう」

「う、うん」

ようやく行成の言葉の裏を汲《く》み取ったのか、血相を変える木内に構わず、澄ました顔の行成は宗吾の肩を抱いて店の奥へと向かう。

そこでもクラスメイトに囲まれ、みんな、行成にサインを求めたり、写真を撮りたがったりした。

そのひとつひとつに嫌な顔をせず行成は笑顔で応え、ひと段落ついたところでビュッフェ形式の料理から好きなものを皿に盛り、ソファに腰掛ける。

「……緊張した」

「さっきのことか？」

「そう。木内が俺をいじめてたことをまるっきり覚えてないことも結構ショックだったけど、まさかあいつもモデルやってたなんて。それも腰掛け、なんて。行成に失礼だ」

「気にするなよ。薄っぺらい動機でモデルになりたがる奴は掃いて捨てるほどいる。まあ、そういう奴は持って三年。特別レッスンに励んだり、役を掘り下げたりすることはないだろうから、すぐに消えるよ。木内もそれでいいと思ってるんだろう」

「医者っていう保険があるから？」

「まあね。バイト気分なんじゃないかな。恵まれた奴は気ままにつまみ食いをして、飽きたりしんどくなったりしたらすぐ捨てる。あいつも言ってただろ？　適当にモテればいいって。そんな奴の言い分をまともに受け取る必要はない」

「……強いな、行成は」

「木内みたいな奴をたくさん見てきたからな。『読モなんて若いうちだけの遊びだ』って言ってにはわからない奴もいたし、『ただ服を着て立ってるだけで金が入るんだからいいバイトだよ』って言った奴もいた。俳優ともなるとさすがにそうもいかないけど、自主稽古してない奴の演技は底が浅いから画面で映えない。で、消えるときにかならず言うんだよ。『最初から腰掛けのつもりだったから』って。そう予防線を張っておけば自尊心が傷つかないからな」

「そうだね。行成の演技には厚みがあった。ゲイ役のドラマだってずいぶん稽古したんだろう。俺もめちゃくちゃ感情移入したし」

「俺には、これしかないって思ってるから」

　ピザを頬張りながら、行成がソファに深く背を預ける。

「……前にどうして役者をしてるのか、以前から役者を目指してたのか、って訊《き》いてきたことがあったよな。俺こそ、木内以上に無色透明なんだと思う。その場その場に合わせて違う仮面をつけて必死にしのいできた。ほんとうの自分が弱くて実力もまだまだだと思ってるから、誰よりも懸命に稽古するだけだ」

「うまく仮面をかぶれるように？」

「ああ。仮面をつけている間は脆《もろ》い自分を忘れられる。役になりきっている間は、過去を忘れることができる。卑怯《ひきょう》な動機でがっかりしたか」

「ううん、逆に尊敬するよ。やろうと思ってもそう簡単にできることじゃないと思うから。……いまでもおまえは俺にとって高嶺の花だよ」

「そんなたいしたものじゃないって」

行成はざわめく店内を見渡す。

「この中で、ほんとうの自分でいられる奴ってどれぐらいいるのかな。自分に嘘《うそ》をつかず、正直に生きている奴っているのかな」

「行成だよ」

確信を込めて言った。

「……俺？」

白ワインを啜る彼が不思議そうに振り返る。

「この中で、行成が一番自分に誠実に生きてる。脆い己をわかっているうえでやりたいことをちゃんとやって、研鑽《けんさん》を積んで、今後に生かそうと頑張ってる。こころから尊敬するよ」

「……照れるな」

行成が耳たぶを弄《いじ》る。その先がほんのり赤く染まっていた。

「俺はどうなんだろう。行成みたいに自分に正直に生きてるか――答えが出ないな」

「それなら、いいヒントを教えてやろうか」

「なに？」

顔を寄せると、行成が耳打ちしてくる。

「……って、言えばいい」

「それ　ほんとうに言うの。木内に？」

「そうだ。おまえがこれからおまえらしく生きていける言葉だ。俺を信じろ」

微笑んでいるけれど真摯な瞳を間近に見つめ、「……うん」と頷く。

それからふたりは立ち上がり、店の真ん中のテーブルで仲間と盛り上がっている木内に近づいた。

「木内、俺たちはもう帰るよ」

「そうなのか？　ずいぶん早いな」

「あのさ、最後に言っておきたいんだ」

そこで深く息を吸い込む。隣に立つ男の温《ぬく》もりを感じながら。

「——俺、木内にいじめられていた過去を忘れたことはなかったよ。でもおまえはあっさり忘れて、笑顔で俺たちに話しかけられるんだな。それでよくわかった。おまえほど軽薄な奴はいない。薄っぺらい友情で繋《つな》がって、適当にモテて適当に儲けて、ほどほどの成功で満足できる奴なんだな。ありがとう木内。おまえみたいにはならないよ、絶対に」

しんとあたりが静まる。

誰も彼もが思い当たるところがあるのだろう。

木内は唖然《あぜん》としていた。突然のことに返す言葉も見つからないようだ。

そのことにようやく胸のつかえが下りる。

「じゃあ」

行成と手を振り、宗吾は店をあとにした。

しばらく黙ってふたり歩いたが、行成がぽんと肩を叩いてくる。

「最高に格好よかったよ、宗吾」

その言葉に、宗吾は顔をほころばせた。

やっと、過去に折り合いがつけられそうだ。

「……俺も頑張らなきゃな」

「行成は充分頑張ってるよ」

「ま、そうだけど。このままにはしておけないなって思ってさ」

「なんのこと？」

行成が肩を竦《すく》めてちいさく笑う。

「お楽しみ。宗吾の力を借りたい。いいか？」

「もちろん」

迷うことなく返し、そろって夜の街を歩いていった。

11

決行の日は十月最後の土曜日の夜となった。

それまでに行成《ゆきなり》は事務所と何度も打ち合わせをし、自宅でもリハーサルを繰り返した。宗吾《そうご》はアシスタントとして彼の振るまいや話しぶりをチェックし、ビデオにも撮って行成とブラッシュアップを重ねた。

動画にしてあとで見返すと、意外と細かな点が気になるものだ。視線が定まっていないとか、喋《しゃべ》りがスムーズではないとか。

宗吾としては、自分は一般人だからと幾度か遠慮したのだけれど、行成は、『俺を見てくれるひとは一般人がほとんどだから、おまえの意見は参考になるよ』と言ってくれた。だから最後には承諾し、自分の目から見て気になる点を挙げていった。

その日、ふたりは新宿駅南口改札を出た正面にある歩道にて準備を始めた。

小型アンプとマイクを用意する行成はあの下北沢で買ったスタジャンを羽織り、サングラスをかけていた。ウールと牛革でできたスタジャンの下は半袖Tシャツとジーンズだ。アッシュブロンドの髪は結わえずそのままさらりと下ろしている。

それだけでもうひと目を惹《ひ》くのだから、たいしたものだ。

宗吾はTシャツに長袖パーカを羽織り、アシスタントに務めた。

マイクスタンドを立て、行成が「あ、あー、マイクテスト、マイクテスト」と発し、ほどよく声が響き渡ることにオーケーサインを出す。

「十八時か。そろそろやるか」

「うん、……もう一度訊くけど、行成、覚悟はできてる？」

「いまさら」

強気な視線を道行くひとびとに向ける行成が、深く息を吸い込む。

そして、よく響く声で言った。

「こんばんは、祥一です」

その第一声に、まず女性ふたり連れが足を止めた。

「え、祥一って、あの祥一君？」

「モデルの祥一君かな」

「俳優もやってるよね。なんだろ、ドラマ撮影かな」

「にしてはスタッフがいなくない？」

「そばでビデオカメラ回してる子はひとりいるけど……」

ふたりがひそひそ話し合っているうちに、他の女性や男性も立ち止まる。

「誰、あれ」

「あれって祥一？」

「ちょっと前にドラマ出てたよね」

「なんか最近ネットで炎上してたんじゃなかったっけ」

「そうそう、確か……えーと……」

観衆が十人ほど集まったところで、祥一は深く頭を下げる。

「モデル兼俳優の祥一です。今日はみなさんにお話ししたいことがあって、事務所と警察に許可をいただき、この場に立たせてもらいました」

その声に、またひとが足を止める。警察の許可を得ているとはいえ、大騒ぎになってはいけないから、手早くすませるつもりだ。

「祥一くーん、私ファンでーす」

「ゲリラライブ？　歌ってくれるんですか？」

「いいえ、今日はお話だけしていこうと思っています」

手を振るファンに笑みを返し、行成はまっすぐ前を向いた。

その目力の強さにひとびとが息を呑むのがわかる。

「じつはすこし前、ネットで僕の発言をめぐってちょっとした騒動がありました。ライブ配信をした際、友だちにいじめられている子からのコメントを取り上げたんです。その子はクラスの子から無視をされ、SNSのグループチャットからも外されてつらいと書いていました。どうしたらいいんだろうという問いかけに、僕は迷わず、『逃げて』と答えました」

「あ……そのライブ、私も見てた」

「俺も……」

「そんなのあったんだ」

観衆が囁《ささや》き合っている。

行成は安定したトーンで話し続ける。ひとびとを煽《あお》るのではなく、惹きつける声音で。

「まだ中学生の子からの相談でした。親や先生と話し合ってもどうにもならないのなら、義務教育中でも、逃げられるなら逃げたほうがいい。転校できるならそうしたほうがいい。僕はそう発言しました。――なぜなら、僕自身が逃げた側の人間だからです」

「え、どういうこと?」

困惑する観衆を、宗吾は黙って見守り続けた。

「僕自身、高校時代にいじめに遭い、なにもかもが嫌になって学校を辞めた過去があります。そのときちょうどモデルとしてスカウトされていたからというのもありましたが、自分が気持ちよく呼吸できる世界はもっと他にもあると信じたかった。そして、確かにそれはありました。いまの事務所にはとてもお世話になり、こんな僕でも仕事でキャリアを積んでいけばいい――

ースプレスしてくれました。学歴がないことを恥じる自分がいるのも確かです。実際、こうしてひと前でこのことを明かすのは初めてですし、がっかりされたり、馬鹿にされたりする可能性があることも想定しています。それでも、僕はずっとあの子のことを考えてきました。明日起きるのがつらくなるほどの学校や会社に通っているのだとしたら、いっそ新しい挑戦をしてみるのはどうかなと言いたかった」

「祥一君……」

「高校、通えなかったんだ」

「いじめに遭ってたなんて知らなかった……」

囁きに、ぽつりと声が混じる。

「――これってさ、めちゃくちゃ勇気が要る発言だよね」

観衆の中にはスマートフォンを構えているひとも多い。写真撮影しているひともいれば、ムービーに収めているらしいひともいる。

宗吾も行成も、そのひとたちを制止することはなかった。

むしろ、拡散してくれたら助かる。

「僕は、いままでは毎日が楽しい。やりがいのある仕事に就けて、たくさんの方々に応援してもらっています。僕に学歴がないことを知って失望されるかもしれないと事務所には心配されましたが、この先もいろんな仕事を引き受けていくのだとしたら、僕自身、仮面を捨てる覚悟を持たなければと考えました」

モデルとして華やかな容姿を見せる祥一。

新進俳優として注目を集めている祥一。

そんな彼の過去にほの暗い部分があったのだと知った観衆の反応はさまざまだ。

絶えず囁いているひとびと、途中で過ぎ去ってしまうひと。

しかし、ほとんどのひとがじっと足を止め、行成の次の言葉を待っていた。

行成の言葉に耳を傾け、なにかしら共感していることが宗吾にも感じ取れる。彼らの顔は真面目だ。

突然のゲリラライブで嘲笑やヤジが飛んでくるんじゃないかと事務所は危惧していたが、案に相違して、聴衆は行成の言葉を受け止めてくれている。

そのことに勇気をもらったのだろう。行成がやさしく微笑んだ。

「あのコメントをくれた子にも、どうかこの声が届きますように。みなさん、自由に拡散してください。自分という人間が伸びやかに生きていける場所はどこにだってある。いまいる学校、会社、家庭がすべてじゃない。もちろん、リスクはあります。すべてを失うんじゃないかと恐れる方もいらっしゃるでしょう。でも、大丈夫です。あなたがしっかり眠って、食べて、健康でいてくれれば、チャンスは幾つもある。どうか諦めないでください。僕みたいな者でも生きていられます。信頼できるひとも、信頼してくれるひともいる。なにかを捨てることには確か

に勇気が必要だけど、そのぶん、身軽になれて、もっと素敵なものを手にすることができます。いまの僕がそうです。——最後まで、どうもありがとうございました。どこでも生きていける、そして愛や友情は確かに存在する。そのことを伝えたくて、動画ではなく、リアルの僕として今日、ここに立ちました」

行成が深く頭を下げた。

ひとの輪の中からちいさな拍手が聞こえてくる。それに釣られてぱらぱらと続き、しまいには大きな拍手へと変わっていった。

「祥一君、ありがとう！」

「ずっと応援してます」

「頑張って！　私も頑張る」

「俺も頑張るよ」

年代、性別問わず、ひとびとの惜しみない賛辞を受け、祥一はきらきら輝く髪を夜風になびかせ、美しく笑う。

いまこのときこそ、ほんとうの『祥一』として大衆のこころを掴んだのだ。

これから先、彼は仕事をとおして幾つもの仮面をかぶっていくだろう。けれど、今夜ここに立っている祥一こそが本物の彼だ。

構えることなく自然に立つ姿が動画となり、ネットで拡散され、大勢のひとの目に留まるだス、マスコミにもきっと。

そして、それぞれのこころを揺り動かすだろう。

その反応がよいものか悪いものか、悩む必要はない。

素顔の祥一が笑い、大衆が拍手を送る。

それが、すべてだ。

12

「やったな宗吾《そうご》！　あんなに拍手をもらえるとは思ってなかった」

「すごかったよ、みんなが行成《ゆきなり》の言葉をこころに刻んだんだよ。俺もそう。行成の言葉のおかげで、ほんとうの意味で過去と決別できる。これからの自分に胸を張れる」

興奮冷めやらぬ声でビールグラスをぶつけた。

新宿での短いゲリラライブを終えたふたりは早々に後片付けをし、大騒ぎになる前にタクシーで自宅に戻った。

行成の言葉は即座にネットで拡散されていた。帰りの車中でSNSをチェックしたところ、トレンドに『祥一《しょういち》』の名が上がっていたぐらいだ。

中には動画をアップしているひともいた。祥一をよく知るひとも、そうでもないひとも、まったく興味のないひとにも、今夜の出来事の欠片《かけら》ぐらいは届くだろう。

事務所からも早々にねぎらいの電話がかかってきていた。

「よくやったね、もうマスコミから取材依頼が来てる、って言ってた」

「行成の言葉に説得力があったからだよ。明日から忙しくなるね」

「ああ、望むところだ。今回の一件で、『祥二』の名はまたすこし広まるだろうけれど、そこにはいい点も悪い点もある。味方が増えるぶん、アンチだって増える。でも、もう俺は大丈夫だ。腹が決まったから」

リビングのソファでビールを美味しそうに呑む行成が深く息を吐く。

「……全部、おまえと会えたおかげだよ、宗吾。おまえがいなかったら俺はいつまで経《た》っても仮面をかぶっていたし、今夜の告白もできなかった。感謝してる」

「そんな、それはこっちの台詞《せりふ》だよ。ありがとう、行成。偶然おまえがうちのコンビニに来てくれなかったら、今日という日もなかったよな」

「偶然だと思うか？」

「え……？」

「ほんとうに、偶然で俺がおまえの店に行ったと思うか？」

ビールを飲み干した行成がグラスをローテーブルに置き、斜め下から顔をのぞき込んでくる。

「ずっとおまえのことを追いかけてたとしたら、どうする？」

「行成が……俺を？」

「そう。中学卒業をきっかけにいったんは別れてしまったけれど、その後もおまえのことを忘れられずにずっと追いかけていたとしたら、おまえはどうする？」

「どうするって、……その……、なんで、って思う」

「なんで、か」

くっくっと笑う行成に慌てて手を振った。

「違う違う、俺が行成を忘れられずに追いかけるほうが自然だよ。だってそうだろ。おまえは俺の――」

「俺の？」

「俺、の」

声が詰まってしまう。

楽しげに煌《きら》めく瞳が間近にあるからだ。

両手で摑んでいたグラスを取り上げられ、さらに行成の顔が近づいてくる。

「教えてくれよ、宗吾。俺はおまえのなんだったんだ」

「それは……」

胸が躍り出す。やわらかな照明を受けて輝く瞳の前ではどんなことも隠せなさそうだ。

「その……おまえのことを、俺は……」

だけどやっぱり声がつかえ、先が続かなかった。

静かな部屋の中、互いの息遣いしか聞こえない。

「じゃ、俺が言おうか」

大きな手のひらが頬を撫でてくる。

その心地好《よ》さにうっとりし、酔いも手伝って、どうかすると猫みたいに頬を擦りつけてしまいそうだ。

「おまえが好きだ。宗吾」

「……嘘だ」

「嘘ってなんだよ」

可笑《おか》しそうに行成が吹き出す。

「嘘じゃない。ずっと好きだったんだ、中学時代から、ずっと」

「でも、いじめられている俺を見かねて声をかけてきただけだろ?」

「きっかけはそうだった。同じ読書家だってわかってテンション上がって、どんどん親しくなっていくうちにおまえのほんとうの素直さや可愛さにやられた。宗吾の家によく泊まらせてもらってただろ。あの頃にはもうとっくに好きになってた。家が揉《も》めてて帰りたくなかったのは事実だけど、宗吾のところが居心地よくてさ。ずっと一緒にいたいと思ってたよ。おまえの前でだけは仮面をかぶらずにいられた」

「行成……」

「でも、俺と宗吾は進学先が違っていた。だからいったん別れたし、うちはうちで離婚問題が勃発してたから、自棄《やけ》になって連絡先をすべてリセットしたけど……ずっと、おまえのことはひそかに追ってた。自宅は知ってたから、時折のぞきに行って、おまえが元気なのを確かめてほっとしていたよ。高校、大学に進学していたことも知ってた。宗吾は宗吾なりに頑張ってるんだなって。……いつか、再会できたときに俺も堂々としていられるよう、仕事にのめり込んだ、で、ちょっと前、思い切っておまえんちの近所に引っ越してきたんだ。知らぬ顔をしてコンビニに行った日はほんとうにドキドキしたよ。俺の企てがバレないようにって」

「そんな……ぜんぜん気づかなかった。ほんとうに……俺が……好きなの？」

「ああ、おまえだけだ。昔もいまも」

熱っぽい声に胸が昂《たか》ぶる。口から心臓が飛び出そうだ。

「行成は……俺を好き、なんだ……」

「ああ、そうだ」

「そんなの……ずるい」

「ずるい？」

目を丸くする行成にくちびるを尖《とが》らせる。

「ずっと片思いしてきたのは俺なのに。俺だって――俺だって、行成が好きだ」

ひと息に言うと、行成が相好を崩す。

「ふたりそろって片思いしてたんだな」

「……だね。だから、このマンションにも居候させてくれたのか？」

「そう。おまえの窮地を知って放っておくことはできなかった。新しいアパートを一緒に探すってアイデアもあったけど、おまえから目を離したくなかったんだ」

「いまさらだけど……ありがとう、行成。おまえに助けてもらっていなかったらどうなっていたか」

「八年越しの両片思いが実ったな」

きゅっと両手を摑まれ、拳に軽くくちづけられる。

「俺が『祥二』だとわかってもおまえは普段どおりに接してくれた、仕事で遅くなった夜に、部屋に明かりが点いているのを見るとほんとうにほっとしたよ。宗吾が部屋で待っていてくれてると考えただけで、仕事に全力を注げた。配信ライブのことも、今夜のゲリラライブのことも、宗吾、おまえがいなくちゃできなかったことなんだ。もう一度言う。宗吾が好きだ」

やわらかくもきっぱりした声音に、こくりと頷いた。摑まれた両手はそのままに。

「……俺も、行成が好きだよ。中学時代からずっとおまえだけを追っていた。会えなかった八年間、おまえのことを思い出さない日は一日もなかった。毎年、おまえにもらったマフラーを巻いて、またいつか会えるようにって願ってた」

「マフラー……ああ、もしかして中学卒業の日におまえに渡したやつか？」

「うん。制服のボタンは全部他の女子生徒に取られちゃって、出遅れたなって落ち込んでたら、おまえが自分の首に巻いていたマフラーを渡してくれたんだ」

「あれ、いまでも使ってるのか。安物なのに」

「値段なんて関係ない。俺にとっては最高のマフラーだよ。シーズン中は大切に巻いて、春になったらきちんと洗濯してしまう。次のシーズンのために」

「でも、ずいぶんと毛羽立ってるだろ」

苦笑する男に、「まあね」と宗吾も微笑む。

「でも、あれ以上のマフラーには未だ出会えていない。もう行成の香りも消えてしまったけれど、あのマフラーを巻いているとおまえに守られている気がするんだ」

「この冬、新しいマフラーを買ってやるよ」

微笑む彼が頬に軽くくちづけてくる。

「一歩前進した今夜のご褒美に、おまえが欲しい」

「……俺、なんかでいいの」

「おまえがいい。以前、湘南《しょうなん》のホテルでいっそのこと抱いてしまおうかと思ったけれど、あのときはなんの準備もしてなかったからな、ほんとうにおまえを抱くなら、大切にしたい。宗吾が嫌じゃなければ」

ふるふると頭を横に振った。

けっして嫌なものか。好きな相手に触れてもらえるのだ。そう考えただけで、肌が火照り出す。

「シャワー、浴びてくるか？　その間に俺は準備しておくから」

「う、うん」

「じゃ、行っておいで」

行成が額にちいさくキスを落とす。やわらかな熱に蕩《とろ》けそうになりながらもぎこちなく立ち上がり、ふらふらとサニタリールームへと向かう。

Tシャツを脱ぐとうっすら肌が汗ばんでいるのが恥ずかしい。これから起きる出来事をこころ待ちにしているみたいだったから。

バスルームで熱いシャワーを頭から浴び、身体中泡立てる。

どこを触られてもいいように。

背中や脇の下、臍《へそ》、そして下肢にシャワーをあてる。それで気づいた。

もう半勃《はんだ》ちしている。

「う、嘘……」

お遊びみたいなキスに反応してしまったのだろうか。

熱い湯から冷水に切り替え、全身をすっきりさせたあと、身体が冷えないようにもう一度湯を浴び、なんとか決心がついたところでバスルームを出る。

サニタリールームにはふかふかのバスタオルと洗い立てのパジャマ、下着が用意されていた。

それらを慎重に身に着け、「……シャワー、浴びたよ」とリビングに入ると、グラスを片付けていた行成が、「お」と振り返る。

「次は俺の番。おまえは先にベッドルームに行ってて。枕元に冷たい水を用意しておいたから」

「ありがとう」

足取り軽くバスルームに消えていく行成を見送ったあと、宗吾は静かにベッドルームへすべり込む。

行成だけが眠る場所。

淡いベッドランプだけが点いており、ベッドヘッドには水の入ったグラスと、なにやら透明の液体が入ったボトルが置かれていた。

「なんだろこれ……」

冷えた水を飲みながら、ボトルを手にする。

ラブローション、と書かれたそれに、かっと頬が熱くなる。

男同士のセックスがどういうものか、なんとなくは知っている。繋がるためにはこういうローションも必要なのだろう。

途端に心臓がバクバクしてきて、ボトルを元に戻し、目をつぶって水を飲むことに専念する。

邪念を追い払いたいのだが、頭の中は妄想でいっぱいだ。

どんなふうに抱かれるのだろう。行成はどんな愛撫《あいぶ》を仕掛けてくるのだろう。

神戸のホテルでの出来事を思い出し、ひとり顔を赤らめた。

あのときは手でイかされただけだが、とても気持ちよかった。今夜はそれ以上の快感が押し寄せてくるのだろうか。

——うまく応えられるといいんだけど。

ごくりと水を飲んだところで、「あーさっぱりした」と行成がタオルで頭を拭き拭きベッドルームへと入ってきた。ボクサーパンツ一枚という格好だ。

「な、行成、ちょっと、気が早い」

「そうか？　これでも精一杯自制心を働かせたほうだぞ。素っ裸で来なかったことを褒めてほしいぐらいだ」

軽口を叩く彼がベッドの縁に腰を下ろし、まだいくらか湿っている宗吾の髪に触れる。そして眼鏡を外してきて、水が半分ほど残ってたグラスを取り上げる。

宗吾はされるがままだ。

行成が水を美味しそうに飲み、にこりと微笑んでグラスをベッドヘッドに置き、肩を抱き寄せてきた。

「俺に任せてくれ。大丈夫、怖い思いは絶対にさせないから」

「……ん」

頤《おとがい》をつままれ上向かされて、視線がかち合う。

すべての感情が溢《あふ》れ出しそうで、目をそらしたくなってしまうが、行成がそれを許してくれなかった。

ちゅ、と可愛らしい音を立ててくちびるが重なってくる。

最初は軽く、艶《あで》やかに。

角度を変えて押し当てられるくちびるはしっとりと熱く、早くも夢見心地だ。

だんだんと強くぶつかってくるそこから舌がのぞき、宗吾のくちびるをちろりと舐《な》め上げる。

「……ん……っ」

ふたりきりの部屋だ。自然と喘《あえ》ぎが漏れてしまうのが恥ずかしくて必死に堪《こら》えていることを行成はわかっているのだろう。

くにゅりと舌を割り込ませてきて、宗吾を搦《から》め捕る。

くちゅくちゅと淫靡《いんび》な音とともに舌を舐《ねぶ》られ、上顎を探られた。

「ん、ん……っん」

彼の胸に両手をあてがい、宗吾も懸命に応える。

ここまで来て怯《ひる》みたくない。すべてを行成にあげたい。

歯列を丁寧になぞる舌先は口腔《こうこう》内をたっぷりと舐め回し、とろりとした唾液を伝わせてくる。

それをこくりと飲み込むと、よくできました、とでも言うように後頭部をまさぐられた。

すこしも離れたくない。もっと暴いてほしい。

うずうずと疼く舌をぎこちなく絡め、自分からも吸い上げてみる。自分の口にはすこし大きめの肉厚な行成の舌を舐り、互いに甘く、強く吸い合う。

舌の根元を探られて吸われると、頭の中がぼうっとなってしまう。

髪をまさぐる指先がやさしい。次第に蕩けていく宗吾の反応を喜んでいるようだ。

「は……っ」

「もう目がとろんってなってるぞ」

「だって……こんなキス、おまえとするなんて……」

「前に湘南でもしただろ」

「あのときは……俺をからかってるのかなと思ってたから」

「じゃ、もっと強いキスをしてやる」

言うなり、嚙《か》みつくようにくちづけられて、あ、あ、と短く息を吐き出した。

さっきよりも深いところを探られてきつく嬲《なぶ》られると、もうお手上げだ。じゅるりと舌を吸い上げられ、強引に疼かされる。

なすすべもなくきゅっと握った拳を彼の胸に当てると、そのままベッドに組み敷かれた。

さらりとしたアッシュブロンドの髪が落ちて、宗吾の頬を撫でる。それさえも甘美な刺激になり、ろくな言葉が出てこない。

「ゆき、なり……」

行成は手早く宗吾からパジャマを引き剝がすと、平らかな胸をじっと見つめる。

「あ、あの、つまんない、よな、男の胸なんて……なにもなくて」

「あるじゃないか」

ひと差し指でつんと胸の尖りをつつかれる。

「宗吾のここ、ちいさくて可愛いのな」

「う……でも、そんなとこ、弄ったって……っ……あっ……！」

肉芽をくりっとひと差し指が捏《こ》ね、思わず声を上げてしまった。

くすぐったいという感覚の裏に、得体の知れない甘さが潜んでいる。

長い指で乳首をつままれ、軽く押し潰される。そのたび、じわんとした愉悦が走り抜け、息が荒くなっていく。

そんなところ弄られてもなにも感じない——そう思っていたのに、行成の指は魔法の指だ。

くにくにと捏ねられ、引っ張られ、押し潰された最後に、きゅっと強めにひねられた。

「あ……！」

「いいか？」

「わか、んな、い……っ、わかんないけど、でも……あ、あ、あ」

刻々と強さを増していく愛撫に乳首はほんのりと赤く染まり、生意気にツンと尖る。

「これを待ってた」

行成が覆い被さってきて乳首の根元をちろっと舐り、そのまま口に含んだ。

「んぅ……っ！」

舌で肉芽を抉《えぐ》られ、こりこりと噛み転がされる。その途端に快感がほとばしり、宗吾を包み込む。

「あ、あっ、や、やだ、それ……っだめ、……だめ、だって……！」

「嫌か？」

行成が顔を離したことでぱっと快感が四散し、物足りなくなってしまう。

感じている顔を見られたくなくて両腕で顔を覆い隠し、ちいさなちいさな声で呟《つぶや》く。

「……いや、じゃ……なくて……おかしく、なりそうだから……やだ」

「だったらおかしくなっちゃえ」

再び乳首を食《は》まれ、ねっとりと嬲られながら根元を噛みまくられる。強すぎる刺激に呻《うめ》き、必死に身悶《みもだ》えた。

「あ――ん……っん……ん……っ」

熱い舌と歯がいいように宗吾の乳首を蹂躙《じゅうりん》する。

まさか、行成がこんな濃密な愛撫を仕掛けてくるとは思わなかった。綺麗な顔をしているのに、やることが大胆すぎる。

「ゆきなり……っ」

しゃくり上げれば、もっと乳首をきつく囓《かじ》られ、びりびりとした快感が駆け抜ける。左も右も愛されて、乳首はもう真っ赤だ。

「さっきよりだいぶふっくらした。俺が愛した証拠だな」

「も、……馬鹿……！」

すこしもじっとしていられない。内腿《うちもも》をもじもじと擦り合わせ、そこが汗ばんでいることを知る。

「ここはどうだ？」

「ん……！」

脇の下をぺろっと舐め上げられ、背筋がぞわりとする。ツツツと舌先が脇のくぼみをたどり、脇腹、臍へと辿《たど》っていく。

臍の孔《あな》に舌先を埋めてくりくりとくすぐられると腹の奥が疼くような感覚がこみ上げてくる。

こんな快感、知らない。

シーツがぐしゃぐしゃになるほど悶え、思いあまって彼の頭を両手で摑んだ。舌先がどんどん下肢に向かっているからだ。

「こっちはもう準備万端か？」

「っ、ん……」

乳首の縁を引っ張られた途端、ぶるっと硬くしなり出る性器に行成が楽しげに笑う。

「いい、先端が濡れてる」

「言うな……！」

「だってほんとのことだし。俺の愛撫に応えてくれてる証拠だろ」

「う……ん」

事実なので言い返せないが、オレンジの淡いランプが照らす中、すべてをさらけ出すのが恥ずかしくてしょうがない。

「また濡れてきた」

低い声に抗《あらが》えないことをわかっているのか、行成がゆっくりと亀頭を手のひらにくるみ、にちゅりと音を立てて割れ目を開く。

敏感な粘膜を親指の腹でやさしく擦られるとなんとも言えない快感が押し寄せてきて、懸命に声を殺した。

「……ッ、……う……ん……っ」

「こら、ちゃんと声を聞かせろ。おまえが感じる声が聞きたいんだ」

「お、とこの、喘ぎ声、なんか、聞いても……っ」

「俺は聞きたい。おまえの声にそそられるんだ」

色香の混じる声で囁かれ、背筋がぞくりとなる。

割れ目をくりくりとくすぐられ、どんどん溢れ出してくる愛蜜を助けに行成が肉竿《ざお》を扱《しご》き出す。

「おまえの……こういう触り心地なんだ。癖になりそ」

「……っあ、あ、……や、そこ……っ」

くびれをぐるりと指でなぞられ、下から上に向けてゆったり擦られるのがひどく気持ちいい。自慰を手伝ってもらっているような、それでいてやっぱり憧れの行成に触られているという羞恥がない交ぜになって宗吾を振り回す。

どうしてこうも感じる場所を知っているのだろう。

裏筋をかりかりと爪先で甘く引っかかれるだけでイきそうだ。

「あ……!」

「だーめ。今日はちょっと我慢を覚えような」

「ん、ん」

煽られて、焦《じ》らされて、もどかしい。

腰裏がじわりと痺《しび》れるほどの快楽に浸っていると、両膝をぐっと摑まれて左右に大きく割り開かれ、その間に行成が顔を埋めてきた。

「ま、って、ゆき、なり、待っ……!」

彼がなにをしでかそうとしているのか寸前で悟り、必死に腰をずらそうとしたのだが、あいにくがっちりと膝を摑まれて閉じることもできない。

そそり勃つ肉茎の先端をぺろっと赤い舌で舐め上げてから、行成は躊躇わずに口に含んだ。

「んん、んー……っ！」

びくっと腰が揺れる。

熱い口腔内で舐られる刺激がたまらず、無我夢中で彼の髪を摑んだ。

きらきら輝く彼の髪。きちんと手入れしているのだろう。淡い色合いにまで染まっているのにさらりとしている。

それを強く摑むと、じゅるっと肉茎を啜られてしまい、涙が滲んだ。

薄い皮膚の下に快楽の源があって、それを探り当てるかのように行成の舌がたっぷりと這《は》う。

「もうちょっと咥えさせろ」

「っく……！」

性器の根元を摑まれて深く頬張られると、どこにも逃げ場がない。

いい、すごくいい。我慢ができない。

溶け出したアイスキャンディーを舐めるみたいな淫らな舌遣いに泣きじゃくり、無意識に腰を揺らした。

浮き立った筋を、尖らせた舌先で辿らないでほしい。そんないやらしいやり方で追い詰められたらひとたまりもない。

「だ、め、ゆきな、り、も、……おねが、い、いっちゃい、そうだから……や……っ」

「俺に飲ませろ」

「ばか、も、あっ、あっ、あ……！」

汗で湿る内腿を摑み、行成がじゅぽじゅぽと舐めしゃぶり、宗吾を追い詰める。

頭の中は真っ白だ。きぃんと冷えた感覚が腰裏からうなじへと駆け抜けた直後に、どっと熱い奔流に飲み込まれる。

「イ、く、イっちゃ、う……っ！」

「……ん」

双玉をこりっと親指で押されたのが引き金になった。

激しく爆《は》ぜる感覚とともに、行成の口内にびゅくりと放つ。

「あっ、あっ……あっ……」

心臓が痛いほどに駆けていた。その間も射精し続け、行成のくちびるにまで白濁が滲む。

ごくり、と飲み込む音が聞こえる。

上体を起こした彼が髪をかき上げ、満足そうに笑う。

「こういう味なんだな、宗吾は」

「飲んだ……のか？」

「全部。これも癖になりそう」

「ず、ずるい……！　俺ばっか……こんな……」

股頭を擦り合わせたもので、いましがた欲望を放ち、勃起したままの下肢は隠せそうもない。

「だって宗吾、初めてだろ？」

「……そうだけど、……フェアじゃない、気がする。俺だけ、こんなに感じさせられて……行成、は……？」

「俺はおまえに触ってるだけでイきそう」

　甘やかな声で囁く行成がまだ力の残っている肉竿をゆるゆる扱きながら、敏感な内腿に軽く嚙みついてくる。

　そこに彼の綺麗な髪が触れるのがどうしようもなく気持ちいい。

　やわらかな内腿から膝裏、ふくらはぎ、くるぶしへと舌が這い、ついには足の指まで口に含まれた。

「これが宗吾の足の親指、ひと差し指……中指、薬指、ふふっ、ちっちゃいな、小指」

「ん、あ、ん……」

　すべてを舐め蕩かそうとしているのだろうか。土踏まずまで舐められるとぞわぞわした感覚は強くなり、再び身体の中心に熱が集まってくる。

「おまえ、舐められるのに弱いんだな。嚙むのは？」

　いたずらっぽくかかとを嚙られて、「──あ」と声を上げた。

　そんなところまで感じるとは思わなかった。舌先でかかとをちろちろ舐られながら肉茎を扱かれ、くるりと身体を裏返しにされる。

　そうして行成は背後から覆い被さってきたとき、肩甲骨に触れる髪の感触に本気で身体が震え、とうとうしゃくり上げた。

「俺の髪、長くなったから肌にすべるだろ」

「んっ、あ、あ、っ……いい……いい……よ……ぉ……ゆきなり……ぃ……っ」

「そんなにいいのか」

　くすくす笑う彼の髪がざわめく肌を淫靡にくすぐっていく。

　髪で嬲られるなんて思いもしなかった。

　上気した肌にしなやかな髪は確かな愛撫へと変わっていった。

　そのまま背中の深い溝にくちづけられ、つうっと舌が下りていく。

　彼の手が腰骨を摑む。そしてそのまま持ち上げた。

「あ……あ……」

　四つん這いにさせられ、薄い尻の表面をやさしく揉みしだかれる。それだけでも感じてしまうのに、ぐっと指が食い込み、割り開かれた。

「……行成……っ」

　窄《すぼ》まりをちろっと舐められ、びくんと全身が弓なりに反り返った。

「ローションの前にここも舐めておかなきゃな」

「だめ、そこは……っそこだけ、は……！」

また、ちろっと舐められる。宗吾の反応を確かめるように。

「っ、ん、んっ、あっ」

「敏感だな、宗吾」

「お、まえが、相手、だから……あぁっ……！」

ねっとりと肉厚の舌が孔の周囲を這い回り、ひくついてしまう。

「ここに、いまから俺が挿《はい》るんだ。ひとつになるんだ」

指で孔を広げられ、中を甘く擦られた。ぞわぞわする底に、うっすらとした快感が忍んでいることに気づくと無性に恥ずかしい。シーツをかきむしり、逃げようとするのだが、そのたびに力強い手で引き戻される。

「もっとだ宗吾。もっと舐めさせろ」

「や……っあ――あ……っ」

行成と抱き合うことになったらすべてあげたいと思っていたけれど、まさかそこまでするなんて。

ただぼんやりと、性器を弄られ昂ぶらされたら、ローションで秘所を濡らされて繋がるのだと思っていたのに。

淫らでやわらかな舌は孔の中にまで挿ってきて、ぐるりと舐め回す。

それが未知の快感を呼び、宗吾をおかしくさせる。

もっと——もっとしてほしい。違う、いますぐやめてほしい。力ずくでいいから奪ってほしい——でも、もっと最奥まで嬲ってほしい。

相反する欲求に振り回され、舌っ足らずに彼の名前を呼び続けた。

ちゅぷちゅぷと響き渡る音に羞恥を覚えながら、深く溺れていく。

「奥のほうが蠢《うごめ》いてるぞ」

「や……っ」

顔から火が出そうだ。

長い指がくねり挿ってきて、唾液で濡れた孔をやさしく撫で回してくる。

最初は違和感を覚えたものの、尻をいやらしく片手で捏ねられていたから意識が曖昧になっていく。

あの行成の指が——中に挿っている。

快感を引き出すかのように肉襞《にくひだ》を丁寧に擦り、第二関節あたりまで挿ったところでくいっと上向いた。

「え、あ……っ？　あ、あ、ん、んー……っ！」

自分でも知らない場所に熱いしこりがあり、そこを行成はじっくり攻めてくる。親指とひと差し指で挟み込むようにしてきゅっきゅっと揉まれるとうずうずした感覚が全身に広がり、どうにもならなくなる。

「まって、ゆきなり、そこ、……あっ、……へんになる……っ」

「おまえのいいところだ」

もったりとしたしこりを執拗に愛撫され、ぐぐっと肉竿に力がこもった。

このままでは、また射精してしまいそうだ。だが、宗吾が極めそうになると行成は愛撫を止め、波が引いたところでまたしこりを揉み込む。

それを繰り返されるうちにわけがわからなくなってきた。

「やあ……っいい、……きもちいい……っだめ、だめ……っあ……ッ！」

「ここの刺激は強烈だろ」

「ん、うん……っ」

中を探っていた指を二本から三本へと増やし、ぬちゅぬちゅと出し挿《い》れを繰り返されるとほんとうにセックスしているみたいだ。

意識していないのに、彼の指にいやらしく絡み付いてしまう。

陶酔しきって息を荒らげる宗吾を見届けた行成は身体を起こし、ベッドヘッドに置かれたボトルを手に取る。

斜めに傾けたボトルからはとろーっとした液体がこぼれ落ちる。それを手のひらで温め、行成が再び孔の中へと侵入してきた。

「だいぶやわらかくなったようだな。……いいか、宗吾、もう後戻りはできないぞ。おまえは俺のものだ」

決定的な言葉に心臓がばくんと強く打つ。

そんなの、言われなくたってとっくになってる。

「行成……おまえの、ものに、して」

肩越しに振り返るとにやりと笑った行成が下着を脱ぎ落とす。よほど堪えていたのだろう。ぶるっと飛び出す雄々しい太竿に目を瞠った。

太く、長く、根元は濃い繁みで覆われている。先端からはとろりとしたしずくが垂れ落ちているのがなんとも卑猥《ひわい》だ。

見ているだけで犯されそうだ。

「そんな……おっきいんだ」

「他人と比べたことがないからわからないけど。おまえなら気に入ってくれると思う」

大胆不敵に笑い、行成は己のそこにもローションを垂らし、すべりをよくさせる。

そうしてもう一度重なってきて、髪先で宗吾の頬を嬲りながら、「挿れるぞ」と囁いた。

「ん……ん、あ……あ……あ……」

ぐぐっと腰を落とした行成がやわらかな孔をみちみちに広げ、押し挿ってきた。

「っ、は、っは、っ」

想像もしてなかった大きさに、息を吐き出すだけでもやっとだ。あまりに太くて、あまりに硬い。

剛直は宗吾のやわらかさを堪能《たんのう》しながらズクズクと穿《うが》ってきて、先ほど指で散々擦ったしこりを嬲り回す。

「や、あっあっあっ……いい……っ」

「気に入ったか?」

「ん、う、んっ、あ、あっ、いい、行成……行成……!」

たっぷり舌と指で解《ほぐ》してもらっていたせいか、痛みはほとんどなかった。ただ、とてつもない圧迫感はある。

身体を串刺しにされたような感覚は生まれて初めてだ。

熱杭《くい》が浅く抜き挿ししてきて、身体の奥が妙に疼く。

苦しいはずなのに、もっと奥に来てほしい。

その胸の裡《うち》に気づいたのか、行成が「もうすこし挿っていいか?」と耳元に息を吹きかける。

そんな甘い声で囁かれたら嫌だなんて言えない。

「……っん、ゆきなり、もっと……奥……に……っん、あ、あっ!」

ズクンと一気に貫かれて思わずのけぞった。

びりびり背骨が痺れるほどの快感。擦れて、溶け合って、もうどこからが自分でどこからが行成かわからない。

ぐっぐっと緩急をつけて犯してくる行成にうなじを噛まれ、怖くなるほどの愉悦に啜り泣いた。シーツに押し付けられた肉竿からはとろとろと愛蜜が溢れ続けてシーツを濡らす。

最奥に突き当たると行成は亀頭を押し付けるようにしてそこを執拗に撫で回し、宗吾から嬌声《きょうせい》を引き出す。

「や――あっあ、ぅ……も、だめ、……だめ……！」

「……ああ、俺もいい」

熱っぽい吐息を漏らし、行成がうなじにキスを落とす。

「おまえの中でイかせてくれ」

「っん……！」

激しく腰を遣われ、蕩けた肉襞がぴっちりと太竿に巻き付く。男を知ったのは今日が初めてなのに、まるでこの身体は行成のために誂《あつら》えられたようだ。

ねじ込まれるたびに行成の形がありありと伝わってきて、頬が熱くなる。

最奥を突かれる快さに喘いできゅうっと締め付けると、行成が呻《うめ》いた。

「宗吾、……宗吾」

「ん、ん、ゆきなり、ゆきなりぃ……イっちゃう、イく……！」

彼の髪が背中に落ちた瞬間、シーツに擦れた肉茎からじゅわりと精液が噴き出し、頭の中ま

で蕩けそうな絶頂に襲われる。

「もうちょっとだけおまえをいただいちゃおうかな」

横顔にキスしてくる行成に頷くと、繋がったまま抱きかかえられ、正面を向かされた。そして、あぐらをかいた行成の膝の上に乗せられる。

そうすると互いの身体がぴたりと密着し、どくどく脈打つ鼓動がバレてしまいそうだ。好きだという気持ち。欲しいという願い。

「行成……っ」

ずんっと下から突き上げられ、初めての交わりはまだ終わりではないのだと知った。さっきよりも深いところをぐりぐり擦る熱い亀頭の感触がリアルだ。

「だめ、イってる……イってるのに……ぃ……っ」

「八年待ったんだぞ。いいだろ?」

甘えた声で言われて抗うなんてできるものか。

ぷっくりと真っ赤にふくれた乳首をカリッと囓られ、宗吾は喘ぎ、すぐに彼にしがみつく。触られたばかりのときはただのちいさな粒だったそこが、いまや淫らな肉芽となってピンとそそり勃ち、男の愛撫を誘う。

「この体位、いいな。おまえの感じる顔が全部見える。ここも濡れっぱなしだ」

「や、ん、んっぅ」

とくとくと精液が噴きこぼれる肉竿を根元から意地悪く擦られ、底の見えない快感に堕《お》ちていきそうだ。

首筋を伝う汗まで舐め取られ、背筋がぞくりと撓《たわ》む。

好き勝手に振り回す男が愛《いと》おしくて、すこしだけ憎らしくて、背中を思いきり引っかいた。

「って。こら。もっと意地悪するぞ」

「だって、おまえが……あ、あっ、んっ、そんな、強くしたら……っ！」

鎖を振り切った獣のように強く抉ってくる行成に抱きついた。

ずちゅずちゅと淫猥な音が鼓膜に忍び込み、頭の中まで犯される気分になる。

「浅いところを突かれるのと、奥を突かれるのとどっちがいい？」

「どっちも、……っ」

「どっちか」

「ん、ん――……お、奥……が……っ、……あぁ！」

ずぶっと埋め込まれた肉竿の逞《たくま》しさに陶酔し、宗吾も自然と腰を揺らめかしていた。

それが行成にもたまらないようだ。

ぐぷぐぷと突き込んできて胸の尖りを嚙みまくり、それでもまだ足りないかのようにくちづけてきた。

「んー……っん……っん……っん……」

どこもかしこも塞がれている。行成でいっぱいの身体に、熱が再び弾《はじ》けてしまいそうだ。

「ッ、ッ、また、……っまた、イく……おねがい、ゆきなり、……もぉ……っああっ……！」

「俺も限界だ」

とろとろに蕩けた襞をかき回されて極彩色の極みに達するのと同時に、行成もどくんと撃ち込んできた。

火照った肉襞の隅々にまで行成の精が染み込んでいく。

「は――ぁ……っあ……あ……っは……」

「宗吾……っ」

うなじ、肩に嚙みつく間も行成はゆっくり動き、宗吾の内部の熱さを堪能しているようだ。たっぷりと放たれた滴が受け止めきれず、汗ばんだ内腿を滴り落ちていく。

そのどろりとした感覚すら、いまは酷だ。

「……やっとひとつになれた」

「ん……」

「でも、まだ欲しい」

「……いいよ。つき合う」

行成の剝き出しの欲情に恥じらいながら、宗吾は微笑む。

今度はもうすこしゆっくり。

呼吸を合わせて昇り詰めていきたい。

身体の奥にまだ凝《しこ》る熱をかき回すかのような行成と視線を絡め合わせ、互いにくちびるを重ねた。

舌を甘く吸い合い、唾液を交わし、次の熱に備える。

彼の鼓動も跳ねていた。それがひどく嬉しい。この身体で昂ぶってくれているのだ。

「好きだよ、宗吾」

「……俺も大好き」

ゆるやかに動く行成に合わせ、宗吾もたどたどしく腰を揺らす。

初めて知った快感には、さらなる深みがありそうだ。

終章

その年の暮れはいつもより慌ただしかった。

宗吾《そうご》はコンビニでのバイトを辞め、年明けから下北沢の古着屋に勤めることになった。

そのことをヨウに話したら大喜びしてくれたのと同時に、「とても寂しいよ」と残念がっていた。

ヨウをはじめとしたコンビニ仲間数人に行成《ゆきなり》も加え、こぢんまりした居酒屋で送別会を開いてもらうこともした。

酒を酌み交わす中、ピンクの可憐《かれん》なカーネーションの花束をヨウからもらった。

「可愛い。ヨウさんが選んでくれたの？」

「そう。『あなたをけっして忘れない』って花言葉があるんだ。天宮君とは楽しく働けたよ。近所なんだから、いつでも遊びにおいでよね。行成さんと一緒に」

「これからもよろしくお願いいたします」

黒いキャップをかぶった行成が微笑み、送別会は和やかなうちに終わった。

彼のマンションに戻り、「花瓶、出すから待ってろ」と言う行成に、「わかった」と頷いて宗吾はサニタリールームで花の水切りをする。

「これを使え」

白く細長い花瓶にカーネーションを生け、テーブルに飾った。

「花瓶なんて持ってたんだ、行成」

「たまにファンの子から花をもらうことがあるからな」

可愛らしいピンクの花に思わず頬がゆるんでしまう。

「明日から次の仕事までしばらく休みかあ……せっかくだから年末大掃除しとくよ」

「はは、助かる。俺は今年ぎりぎりまでモデルの撮影が入っていて……ん、電話だ」

テーブルに置いていた彼のスマートフォンが振動している。それを持って、「もしもし」と言いながら行成は立ち上がる。

仕事の電話だろうから、酔い覚ましのコーヒーでも淹《い》れておこう。

電気ケトルで湯を沸かしていると、リビングのソファに腰掛けていた行成の声が聞こえてきた。

「はい、はい……え？　ほんとですか、それ。ほんとうに？　はい……はい」

がばっと立ち上がった行成が上擦った声で、「はい、ありがとうございます」と深く頭を下げている。

「わかりました。詳しい話はまた明日。ほんとうにありがとうございます——宗吾！」

電話を切るなり、電気ケトルを手にしていた宗吾に行成が抱きついてくる。

「うっわ、待って待って、火傷《やけど》するから」

「火傷ぐらい幾らでもしてやるから、聞いてくれ。こころの準備はいいか？」

「う、うん」

いったん電気ケトルをキッチンカウンターに置き、真剣な表情の行成に向き合う。彼の昂ぶりが伝わってきて、こっちまで緊張してくる。

「主演が、決まった」

「……主演？」

「俺主演のドラマだ」

「え……え、ほんと？　ほんとうに？」

予想もしていなかった言葉に声が上擦ってしまう。

「ああ、ほんとうだ。以前出演したドラマが好評で、ゲイ役の俺を主演にしたスピンオフが制作されることになった」

「……おめでとう！」

あまりの嬉しさに声が震え、行成に飛びついた。

「行成はすごいよ。有言実行の男だ」

「いつかCMにも出てやるからな」

「待ってる。やっぱり行成の実力だ。あのドラマ、俺も大好き。今度は行成にしあわせになってほしい」

「現実の俺は充分しあわせだけどな。ただし、ひとつ懸念がある」

「なに？」

「あの木内《きうち》もドラマに脇役で出る。大手プロダクションだからねじ込んだんだろうな」

「そうなのか……でも大丈夫だよ。おまえなら木内を圧倒するほど輝ける」

確信を込めて言うと、「他にも情報がある」と行成が微笑む。

「あのゲリラライブを硬派な作品を手がける映画監督がネットで観ていてくれたらしい。大胆な発言をした俺を観て、新作のダークな役柄を与えたいって事務所にオファーがあったようなんだ。ファンからも、『勇気が出ました』とか『毅然《きぜん》としていて格好よかったです』とか、励ましのメールが多く届いている」

「大躍進じゃないか、さすが行成だ」

「おまえがいてくれたからだよ」

嬉しそうに笑って頬にキスしてくる行成が、両肩を摑んできた。

「そこで、ひとつ提案だ。宗吾、このまま一緒に暮らさないか」

「え、でも……行成はこれからどんどん売れていくんだし、俺の存在がバレたら面倒なことになるんじゃ……」

「俺は、もう隠しごとはしない。そう決めたんだ。おまえに誓う。俺は全力を出していくよ。まずはドラマの主演。それに事務所と相談して、通信教育を受けることにしたんだ。いずれ大検にも挑戦する。学んで損することはひとつもないからな」

「行成……」

誇らしさに胸が熱くなり、涙が滲む。

「こら、泣くな。おまえの泣き顔に俺は弱いんだよ」

行成がひと差し指で目縁を拭ってくれる。昔もいまも、温かい指だ。

「嬉しくてさ、つい……。俺も、行成に負けないよう頑張るよ、精一杯。いつか——いつか自分の店を持つ。俺がセレクトした古着を扱うショップを」

「お、大きく出たな。それでこそ俺の恋人だ」

笑い合い、軽くキスして窓に近づく。

都心でも、冬の夜空に星がひとつ瞬いているのが見える。

あの星は、行成だ。

どこまでも広がる大きな空で目印となり、誰かのこころに希望を灯《とも》す行成そのものだ。

外は凍えるほどに寒いけれども、繋いだ手は温かい。

この温もりを守るために、これから挑戦すべきことはたくさんありそうだ。

良質の古着を見抜く目を養いたいし、接客の腕も磨きたい。いずれ自分の店を持つなら、経営者としての知識も身につけたい。

　そして、行成を愛していく力をこの手で摑み続けたい。

「明日も寒くなりそうだな」

「俺には行成のマフラーがあるから大丈夫」

「八年前の？　ほんとうに大事にしてくれてるんだな。そんなおまえにプレゼントだ」

　行成はいったんベッドルームに向かい、黒い紙袋を手にして戻ってきた。

「開けてみて」

　言われるがまま紙袋の中の包みを開けると、シックなグリーンのマフラーが収められていた。軽くてやわらかな手触りからして、上質なカシミアだろう。

「行成、これ……」

「これからの俺たちを強く繋ぐマフラーだ。八年前のものもいいけど、新しいマフラーでおまえを温めたくて」

　くるりと首に巻けば、ふわふわで暖かい。想《おも》い出の詰まったマフラーは捨てられないけれど、この先のふたりの日々を紡いでいくマフラーも大切にしたい。

「……ありがとう。すごく嬉しい」

　くすくす笑って行成が背後に立ち、やさしく抱き締めてきた。

「おまえのことはいつでも俺が温めてやる」

「俺も行成を守るよ」

「宗吾は湯たんぽ代わりになりそうだな」

「もう」

じゃれ合って笑い、そっとふたりでカーテンを閉めた。

未来を託した、甘いキスの続きをするために。

あとがき

こんにちは、またははじめまして、秀香穂里《しゅうかおり》です。

動画配信、ご覧になりますか？　わたしは毎日観ています。人気配信者さんから、昨日デビューしたような方までいろいろチェックしています。過去の事件を扱うチャンネルを観ているのですが、主に車、ファッション、日々の暮らし、過去の事件を扱うチャンネルを観ているのですが、それこそ十人十色、同じようなテーマを扱っていても配信者さんごとにカラーが違っていて見比べるのも楽しいです。

動画配信者さんは芸能人よりもすこし近くて、送ったコメントに対しても返事がもらえるところも個人的に嬉《うれ》しかったりします。

いまや誰でも動画配信する&観る時代ですよね。そんな中、芸能人もオフショットを披露してくれるチャンネルもあって興味深いな〜と感じたあたりから、この話が生まれました。内包しているエピソードはややシリアスですが、いつになくこころを込めて書きました。あんまり書くとネタバレになりそうなので控えますが、個人的には、作中劇のような映画の筋を考えるのが楽しかったです。

映画が好きなので、映画館でも、家でもよく観ています。ごく最近では、『ノマドランド』

という作品がとてもこころに刺さりました。いわゆるロードムービーなのですが、アメリカの大自然の中をさすらう主人公に自分を重ね合わせてしまいました。

　前振りが長くなりましたが、この本を出すにあたってお力を貸してくださった方にお礼を。

　イラストを手がけてくださった高城《たかぎ》リョウ先生。行成《ゆきなり》が美形中の美形でほんとうに嬉しかったです……！　ちょっと冴えない宗吾《そうご》も可愛《かわい》くて、透明感のある表紙はもちろんのこと、絶妙な距離感が伝わる口絵、そしてモノクロのイラストすべてが美しく、思わず見とれてしまいました。お忙しい中、ご尽力くださいましてほんとうにありがとうございました。

　担当様。いろいろと足りないわたしではありますが、精進して参りますので、今後ともよろしくお願いいたします。

　そして、この本を手に取ってくださった方へ。最後までお読みくださり、ほんとうにありがとうございました。高城先生のイラストと合わせて、なにかひとつでもこころに残るエピソードがあれば嬉しいです。よろしければ、編集部宛にご感想をお聞かせくださいね。

　そろそろ夏ですね！　一番好きな季節です。

　今年ものびのび書いていきますので、また次の本で元気にお会いできますように。

この本を読んでのご意見、ご感想を編集部までお寄せください。

《あて先》〒141-8202 東京都品川区上大崎3-1-1 徳間書店 キャラ編集部気付
「高嶺の花を手折るまで」係

【読者アンケートフォーム】

QRコードより作品の感想・アンケートをお送り頂けます。
Chara公式サイト http://www.chara-info.net/

■初出一覧
高嶺の花を手折るまで……書き下ろし

Chara

高嶺の花を手折るまで

……【キャラ文庫】

2021年5月31日　初刷

著者　秀 香穂里
発行者　松下俊也
発行所　株式会社徳間書店
〒141-8202　東京都品川区上大崎3-1-1
電話　049-293-5521（販売部）
03-5403-4348（編集部）
振替　00140-0-44392

印刷・製本　図書印刷株式会社
カバー・口絵　近代美術株式会社
デザイン　佐々木あゆみ

ISBN978-4-19-901028-6